隐

庐隐 著

我追寻完整的生命

浙江文艺出版社
Zhejiang Literature & Art Publishing House

图书在版编目（CIP）数据

庐隐：我追寻完整的生命 / 庐隐著 . —杭州：浙江文艺出版社，2024.5
ISBN 978-7-5339-7488-6

Ⅰ . ①庐…　Ⅱ . ①庐…　Ⅲ . ①散文集—中国—现代　Ⅳ . ①I266

中国国家版本馆CIP数据核字（2024）第034487号

统　　筹	王晓乐	封面设计	广　岛
责任编辑	汤明明	封面插画	Stano
责任校对	许红梅	营销编辑	张恩惠
责任印制	张丽敏	数字编辑	姜梦冉　诸婧琦

庐隐：我追寻完整的生命

庐隐 著

出版发行	浙江文艺出版社
地　　址	杭州市环城北路177号
邮　　编	310006
电　　话	0571-85176953（总编办）
	0571-85152727（市场部）
制　　版	杭州天一图文制作有限公司
印　　刷	浙江新华印刷技术有限公司
开　　本	880毫米×1230毫米　1/32
字　　数	130千字
印　　张	7.75
插　　页	1
版　　次	2024年5月第1版
印　　次	2024年5月第1次印刷
书　　号	ISBN 978-7-5339-7488-6
定　　价	39.80元

出版说明

　　自五四新文化运动以来，中国文学面目一新。在中西方文化的碰撞与融合中，小说、诗歌、戏剧等文学形式完成蜕变与新生，而散文以其自由自在的天性，踵事增华，其成果蔚为大观。

　　郁达夫认为，较之古代的"文"，现代中国散文有三点特异之处，即"'个人'的发见""内容范围的扩大""人性，社会性，与大自然的调和"（《中国新文学大系·散文二集·导言》）。散文家们兼收并蓄，将万事万物融于一心，"以我手写我口"，取径不同，或叙事、抒情、议论，或写人、描景、状物；风格各异，或蕴藉、洗练、飞扬，或磅礴、绮丽、缜密。就应用而言，以学识、阅历、心境为核心的小品文，以小见大，言近旨远，张扬个人性情；以观察、讽刺、同情为底色的杂文，见微知著，刚柔相济，召唤战斗精神……种种流派，非止一端。

　　为了给当代读者提供一套选目得当、编校精良的散文选本，我们推出"名家散文"系列，从灿若星辰的中国现代散文家中遴选出一批作者，精选其散文创作中的经典作品，结集成册，以飨读者，或可视作对百年现代中国散文的一次阶段性回顾与总结。我们相信，尽管这些作品产生的背景千差万别，但其呈现的智识与感性、追求与希冀，是跨越时空而能与读者共鸣的。我们也相信，经典之所以为经典，因其经得起时间的汰洗，这里的文章，初读，是迎面撞上万千世界，吉光片羽，亦足珍惜；再读，则是与无数智者的重逢，向内发现自己，向外发现众生。

文学的历史同时也是一部语言文字的历史，而汉语的标准化也随着时间的推移不断地演变、更新。五四白话文运动以来，文学语言流动而多变，呈现出丰富和复杂的样貌。文字、词汇、语法的繁芜丛杂背后，是思想文化的多元与活跃，也是作家不同审美取向和个人风格的展现。因此，我们在编辑过程中尽量尊重文章原刊或初版时的面貌，使读者能够感受到语言的时代特色，比如"的""地""底"共存的现象。同时，考虑到读者尤其是学生的阅读需求，我们按当下的规范做了有限度的修订。

编辑出版工作中难免存在不足之处，热忱欢迎广大读者批评指正。

浙江文艺出版社

目 录

给我的小鸟儿们

夜的奇迹

跳舞场归来

娜拉究竟是太少数，而大多数的妇女呢，仍然做着傀儡家庭中的主角。

跳舞场归来

太阳的金光，照在淡绿色的窗帘上，庭前的桂花树影疏斜斜地映着。美樱左手握着长才及肩的柔发；右手的牙梳就插在头顶心。她的眼睛注视在一本小说的封面上——那只是一个画得很单调的一些条纹的封面；而她的眼光却缠绕得非常紧。不久她把半长的头发卷了一个松松的髻儿，懒懒地把牙梳收拾起来，她就转身坐在小书桌旁的沙发上，伸手把那本小说拿过来翻看了一段。她的脸色更变成惨白，在她放下书时，从心坎里呼出一口气来。

无情无绪地走到妆台旁，开了温水管洗了脸，对着镜子擦了香粉和胭脂。她向自己的影子倩然一笑，似乎说："我的确还是很美，虽说我已经三十四岁了……但这有什么要紧，只要我的样子还年轻！迷得倒人……"她想到这里，又向镜子仔细地端详自己的面孔，一条条的微细的皱痕，横卧在她的眼窝下面。这使得她陡然感觉到气馁。呀，原来什么时候，已经有了如许的皱痕，莫非我真的老了吗？她有些不相信……她还不曾结婚，怎么就被老的恐怖所压迫呢?! 是了，大约是因为她近来瘦了，所以脸上便有了皱痕，这仅仅是病态的，而不是被可怕的流年所毁伤的成绩。同时她向自己笑了。哦！原来笑起来的时候，眼角也堆起如许的皱痕……她砰的一声，把一面镜子向桌子上一丢，伤心地躲到床上去哭了。

壁上的时钟当当地敲了八下，已经到她去办公的时间了。没有办法，她起来揩干眼泪，重新擦了脂粉，披上夹大衣走出门来，明丽的秋天太阳，照着清碧无尘的秋山；还有一阵阵凉而不寒的秋风吹拂过来。马路旁竹篱边，隐隐开着各色的菊花，唉，这风景是太美丽了……她深深地感到一个失了青春的女儿，孤单地在这美得如画般的景色中走着，简直是太不调和了。于是她不敢多留意，低着头，急忙地跑到电车站，上了电车时，她似乎心里松快些了。几个摩登的青年，不时地向她身上投眼光，这很使她感到深刻的安慰，似乎她的青春并不曾真的失去；不然这些青年何至于……她虽然这样想，然而自己还是信不过。于是悄悄地打开手提包，一面明亮的镜子，对她照着——一张又红又白的椭圆形的面孔；细而长的翠眉；有些带疲劳似的眼睛；直而高的鼻子；鲜红的樱唇，这难道算不得美丽吗？她傲然地笑了。于是心头所有的阴云，都被一阵带有炒栗子香的风儿吹散了。她趾高气扬跑进办公室，同事们已来了一部分，她向大家巧笑地叫道："你们早呵！"

"早！"一个圆面孔的女同事，柔声柔气地说："哦！美樱你今天真漂亮……这件玫瑰色的衣衫也正配你穿！"

"唷，你倒真会作怪，居然把这样漂亮的衣服穿到Office来？！"那个最喜欢挑剔别人错处的金英做着鬼脸说。

"这算什么漂亮！"美樱不服气地反驳着，"你自己穿的衣服难道还不漂亮吗？"

"我吗？"金英冷笑说，"我不需要那么漂亮，没有男人爱我，漂亮又怎么样？不像你交际之花，今日这个请跳舞，明天那个请吃饭，我们是丑得连同男人们说一句话，都要吓跑了他们的。"

"唉！你这张嘴，就不怕死了割舌下地狱，专门嚼舌根！"一直沉默着的秀文到底忍不住插言了。

"你不用帮着美樱来说我……你问问她这个礼拜到跳舞场去了多少次？……听说今天晚上那位林先生又来接她呢！"

"哦，原来如此！"秀文说，"那么是我错怪了你了！美樱小鬼走过来，让我盘问盘问；这些日子你干些什么秘密事情，趁早公开，不然我告诉他去！"

"他是哪个？"美樱有些吃惊地问。

"他吗，你的爸爸呀！"

"哟，你真吓了我一跳，原来你简直是在发神经病呀！"

"我怎么在发神经病？难道一个大姑娘，每天夜里抱着男人跳舞，不该爸爸管教管教吗？……你看我从来不跳舞，就是怕我爸爸骂我……哈哈哈。"

金英似真似假，连说带笑地发挥了一顿。同事们也只一哄完事，但是却深深地惹起了美樱的心事。抱着男人跳舞，这是一句多么神秘而有趣味的话呀！她陡然感觉得自己是过于孤单了。假使她是被抱到一个男人的怀里，或者她热烈地抱着一个男人，似乎是她所渴望的。这些深藏着的意识，今天非常明显地涌现于她的头脑里。

办公的时间早到了，同事们都到各人的部分去做事了。只有她怔怔地坐在办公室，手里虽然拿着一支笔，但是什么也不曾写出来。一叠叠的文件，放在桌子上，她只漠然地把这些东西往旁边一推。只把笔向一张稿纸上画了一个圈，又是一个圈。这些无秩序的大小不齐的圈儿，就是心理学博士恐怕也分析不出来其中的意义吧！但美樱就在这莫名其妙的画圈的生活里混了一早晨，下午她回到家里，心头似乎塞着一些什么东西，饭也不想吃，拖了一床绸被便蒙头而睡。

秋阳溜过屋角，慢慢地斜到山边；天色昏暗了。美樱从美丽的梦里醒来，她揉了揉眼睛，淡绿色窗帘上，只有一些灰暗的薄光，连忙起来开了电灯，正预备洗脸时，外面已听见汽车喇叭呜呜地响，她连忙锁上房屋，把热水瓶里的水倒出来，洗了个脸；隐隐已听见有人在外面说话的声音；又隔了一时，张妈敲着门说道："林先生来了！"

"哦！请客厅里坐一坐我就来！"

美樱收拾得整整齐齐，推开房门，含笑地走了出来说道："Good evening, Mr. Lin."那位林先生连忙走过去握住美樱那一双柔嫩的手，同时含笑说道："我们就动身吧，已经七点了。"

"可以，"美樱踌躇说，"不过我想吃了饭去不好吗？"

"不，不，我们到外面吃，去吧！静安寺新开一家四川店，菜很好，我们在那里吃完饭，到跳舞场去刚刚是时候。"

"也好吧！"美樱披了大衣便同林先生坐上汽车到静安寺去。

九点钟美樱和林先生已坐在跳舞场的茶桌上了。许多青年的舞女，正从那化妆室走了出来。音乐师便开始奏进行曲，林先生请美樱同他去跳。美樱含笑地站了起来，当她一只手扶在那位林先生的肩上时，她的心跳得非常快，其实她同林先生跳舞已经五次以上了，为什么今夜忽然有这种新现象呢？她四肢无力地靠着林先生，两颊如灼地烧着。一双眼睛不住盯在林先生脸上，这使林先生觉得有点窘。正在这时候，音乐停了，林先生勉强镇静地和美樱回到原来的座位上，叫茶房开了一瓶汽水，美樱端着汽水，仍然在发痴，坐在旁边的两个外国兵，正吃得醉醺醺的，他们看见美樱这不平常的神色，便笑着向美樱丢眼色，做鬼脸。美樱被这两个醉鬼一吓，这才清醒了。这夜不曾等跳舞散场他们便回去了。

一间小小的房间里，正开着一盏淡蓝色的电灯，美樱穿着浅紫色的印花乔其纱的舞衣；左手支着头部，半斜在沙发上，一双如笼雾的眼，正向对面的穿衣镜端详着自己倩丽的身影。一个一个的幻想的影子，从镜子里漾过"呀美丽的林！"她张起两臂向虚空搂抱，她紧闭一双眼睛，她愿意醉死在这富诗意的幻境里。但是她摇曳的身体，正碰在桌角上，这一痛使她不能不回到现实中来。

"唉！"她黯然叹了一声，一个使她现在觉得懊悔的印象明显地向她攻击了：

七年前她同林在大学同学的时候，那时许多包围她的人中，林是最忠诚的一个。在一天清晨，学校里全体出发到天安门去开会，而美樱因为生病，住在疗养室里，正独自一个冷清清睡着的时候，听窗外有人在问，于美樱女士在屋里吗？

　　"谁呀？"美樱怀疑地问。

　　"是林尚鸣……密司于你病好点吗？"

　　"多谢！好得多了，一两天我仍要搬到寄宿舍去，怎么你今天不曾去开会吗？"

　　"是的，我因为还有别的事情，同时我惦记着你，所以不曾去。"美樱当时听了林的话，只淡淡地笑了笑。不久林走了，美樱便拿出一本书来看，翻来翻去，忽翻出父亲前些日子给她的一封信来，她又摊开来念道：

　　樱儿！你来信的见解很不错，我不希望你做一个平常的女儿；我希望你要做一个为人类为上帝所工作的伟大孩子，所以你终身不嫁，正足以实现你的理想，好好努力吧！……

　　美樱念过这封信后，她对于林更加冷淡了；其余的男朋友也因为听了她抱独身主义的消息，知道将来没有什么指望，也就各人另打主张去了。而美樱这时候又因为在美国留学的哥哥写信喊她出去，从前所有的朋友，更不能不隔绝了。美樱在美国住了五年，回国来时，林已和一位姓蔡的女学生结婚了。其余的男朋友也都成了家，有的已经儿女成行了。而美樱呢，依然还是孤零零的一个人。而且近来更感到一种说不出来的烦闷……

美樱回想到过去的青春和一切的生活，她只有深深的懊悔了。唉，多蠢呀！这样不自然地压制自己！难道结婚就不能再为上帝和社会工作吗？

美樱的心被情火所燃烧；她从沙发上跳了起来；把身上的衣服胡乱地扯了下来。她赤着一双脚，把一条白色的软纱披在身上，头发也散披在两肩。她怔怔地对着镜子，喃喃地道："一切都毁了，毁了！把可贵的青春不值一钱般地抛弃了，蠢呀！……"她有些发狂似的，伸手把花瓶里的一束红玫瑰，撕成无数的碎瓣，散落在她的四周，最后她昏然地倒在花瓣上。

第二天清晨，灼眼的阳光正射在她的眼上，把她从昏迷中惊醒！"呀！"她翻身爬了起来，含着泪继续她单调的枯燥的人生。

一　幕

　　六月的天气，烦躁蒸郁，使人易于动怒；在那热闹的十字街头，车马行人，虽然不断地奔驰，而灵芬从公事房回来以后，觉得十分疲惫，对着那灼烈艳阳，懒散得抬不起头来。她把绿色的窗幔拉开，纱帘放下，屋子里顿觉绿影阴森，周围似乎松动了。于是她坐在案前的靠椅上，一壶香片，杨妈已泡好放在桌上，自壶嘴里喷出浓郁的馨香，灵芬轻轻地倒了一杯，慢慢地喝着，一边又拿起一支笔，敲着桌沿细细地思量：

　　——这真是社会的柱石，人间极滑稽的剧情之一幕，他有时装起绅士派头，神气倒也十足；他有时也自负是个有经验的教育家：微皱着一双浓眉，细拈着那两撇八字须，沉着眼神说起话来，语调十三分沉重。真有些神圣不可侵犯之势。

想到这里，她不由得好笑——这又算什么呢？社会上装着玩的人真不少，可不知为什么一想便想到他！

灵芬坐在这寂静的书房里，不住发玄想，因为她正思一篇作品的结构。忽然一阵脚步声，把四围的寂静冲破了，跟着说话声，敲门声，一时并作。她急忙站了起来，开了门，迎面走进一个客人，正是四五年没见的智文。"呵！你这屋子里别有幽趣，真有些文学的意味呢！"智文还是从前那种喜欢开玩笑。

"别拿人开心吧！"灵芬有些不好意思了，但她却接着说道，"真的！我一直喜欢文学，不过成为一个文学家的确不容易。"

"灵芬，我不是有意和你开心，你近来的努力实在有一部分的成功，如果长此不懈，做个文学家，也不是难事。"

"不见得吧！"灵芬似喜似疑地反诘了一句，自然她很希望智文给她一个确切的证实，但智文偏不提起这个茬，她只在书架上，翻阅最近几期的《小说月报》，彼此静默了几分钟，智文放下《小说月报》，转过脸问灵芬道："现在你有工夫吗？"

"做什么……有事情吗？"

"没有什么事情，不过有人要见你，若有空最好去一趟。"

"谁要见我？"灵芬很怀疑地望着智文。

"就是那位有名的教育家徐伟先生。"

灵芬听见这徐伟要见她，不觉心里一动。心想那正是一个装模作样的虚伪极点的怪物。一面想着一面不由得说道："他吗？听说近来很阔呢！怎么想起来要见我这个小人物呢？你去不去，如果你去咱们就走一趟，我一个人就有点懒得去。"

智文笑道："你这个脾气还是这样！"

"自然不会改掉，并且也用不着改掉……你到底陪我去不陪我去？"

"好吧！我就陪你走一趟吧！可是你不要太孤僻惯了，不要听了他的话不入耳，拿起脚就要走，那可是要得罪人的。"

"智文，放心吧！我纵是不受羁勒的天马，但到了这到处牢笼的人间，也只好咬着牙随缘了，况且我更犯不着得罪他。"

"既然这样，我们就去吧，时候已将近黄昏了。"

她们走出了阴森的书房，只见半天红霞，一抹残阳，已是黄昏时候。她们叫了两辆车子，直到徐伟先生门前停下。灵芬细打量这屋子：是前后两个院子，客厅在前院的南边，窗前有两棵大槐树。枝叶茂密，仿若翠屏，灵芬和智文进了客厅，一个三十多岁的男仆进来说："老爷请两位小姐进里边坐吧！"

灵芬和智文随着那男仆到了里头院子，徐伟先生已站在门口点头微笑招呼道："哦！灵芬好久不见了，你们请到这里坐。"灵芬来到徐伟先生的书房，只见迎面走出一个倩装的少妇，徐伟先生对那少妇说："这位是灵芬女士。"回头又对灵芬说："这就是内人。"

灵芬虽是点头，向那少妇招呼，心里不由得想到"这就是内人"一句话，自然她已早知道徐伟先生最近的浪漫史，他两鬓霜丝，虽似乎比从前少些，但依然是花白，至少五十岁了，可是不像——仿佛上帝把青春的感奋都给了他一个，他比他的二十五岁的儿子，似乎还年轻些，在他的书房里有许多相片，是他和他新夫人所拍的。若果照相馆的人知趣，不使那花白的头发显明地展露在人间，那真俨然是一对青春的情眷。

这时徐伟先生的胡须已经剃去了，这自然要比较显得年轻，可是额上的皱纹却深了许多，他坐在案前的太师椅上，道貌岸然，慢慢地对灵芬讲论中国时局，像煞很有经验，而且很觉得自己是时代的伟人。灵芬静静听着，他讲时，隐约听见有叹息的声音，好像是由对面房子里发出来，灵芬不由得心惊，很想立刻出去看看，但徐伟先生正长篇大论地说着，只得耐着性子听，但是她早已听不见徐伟先生究竟说些什么。

正在这时候，那个男仆进来说，有客要见徐伟先生，徐伟先生看了名片，急忙对那仆人说道："快请客厅坐。"说着站了起来，对灵芬、智文说："对不住，有朋友来找，我暂失陪!"徐伟先生匆匆到客厅去了。

徐伟先生的新夫人，到隔壁有事情去，当灵芬、智文进来不久，她已走了，于是灵芬对智文说道：

"徐伟先生的旧夫人，是不是也住在这里?"

"是的，就住对面那一间房里。"

"我们去见见好吗?"

"可以的，但是徐伟先生，从来不愿意外人去见他的旧夫人呢!"

"这又是为了什么?"

"徐伟先生嫌她乡下气，不如他的新夫人漂亮。"

"前几年，我们不是常看见，徐伟先生同他的旧夫人游公园吗?"

"从前的事不用提了，有了汽车，谁还愿意坐马车呢?"

"你这话我真不懂! ……女人不是货物呵! 怎能爱就

取，不爱就弃了？"

"这话真也难说！可是你不记得肖文的名语吗？制礼的是周公，不是周婆呵！"灵芬听到这里，不由得好笑，因道："我们去看看她吧。"

智文点了点头，引着灵芬到了徐伟先生旧夫人的屋里，推门进去，只见一个四十多岁的妇人，手里抱着一个四五岁的小孩，愁眉深锁地坐在一张破藤椅上，房里的家具都露着灰暗的色彩，床上堆着许多浆洗的衣服，到处露着旧时的痕迹。见了灵芬她们走进来，呆痴痴地站了起来让座，那未语泪先咽的悲情，使人觉得弃妇的不幸！灵芬忍不住微叹，但一句话也说不出，还是智文说道：

"师母近来更悴憔了，到底要自己保重才是!"

师母握着智文的手道："自然我为了儿女们，一直地挣扎着，不然我原是一个赘疣，活着究竟多余!"她很伤心地沉默着，但是又仿佛久积心头的悲愁，好容易遇到诉说的机会，错过了很可惜，她终竟惨然地微笑了。她说：

"你们都不是外人，我也不怕你们见笑，我常常怀疑女人老了……被家务操劳，生育子女辛苦，以致毁灭了青年的丰韵，便该被丈夫厌弃。男人们纵是老得驼背弯腰，但也有美貌青春的女子嫁给他，这不是稀奇吗？……自然，女人们要靠男人吃饭，仿佛应该受他们的摆弄，可是天知道，女人真不是白吃男人的饭呢！

"你们自然很明白，徐伟先生当初很贫寒，我到他家里的时候，除了每月他教书赚二十几块钱以外，没有更多的财产，我深记得，生我们大儿子的时候，因为产里生病，请了两次外国医生诊治，花去了二十几块钱，那个月就闹了饥荒，徐先生终日在外头忙着，我觉得他很辛苦，心里过意不去，还不曾满了月子，我已挣扎着起来，白天奶着孩子，夜晚就做针线，本来用着一个老妈子侍候月子，我为减轻徐先生的负担，也把她辞退。这时候我又是妻子，又是母亲，又是用人，一家子的重任，都担在我一人的肩上。我想着夫妻本有同甘共苦之谊，我虽是疲倦，但从没有因此怨恨过徐先生。而且家里依然收拾得干干净净，使他没有内顾之忧，很希望他努力事业，将来有个出头，那时自然苦尽甘来……但谁晓得我的想头，完全错了。男人们看待妻子，仿佛是一副行头，阔了就要换行头，那从前替他作尽奴隶而得的报酬，就是我现在的样子……正同一副不用的马鞍，扔在厩房里，没有人理会它呢！"

师母越说越伤心，眼泪滴湿了衣襟，智文"哎"了一声道："师母看开些吧，在现代文明下的妇女，原没地方去讲理，但这绝不是长久的局面，将来必有一天久郁地层的火焰，直冲破大地呢！"

灵芬一直沉默着，不住将手绢的角儿，折了又折，仿佛万千的悲愤，都借着她不住的折叠的努力，而发泄出来……

　　门外徐伟先生走路的声音，冲破了这深惨的空气，智文对灵芬示意，于是装着笑脸，迎着徐伟先生，仍旧回到书房。这时暮色已罩住了大地，微星已在云隙中闪烁，灵芬告辞了回来，智文也回去了。

　　灵芬到了家里，坐在绿色的灯光下，静静地回忆适才的事情，她想到世界真是一个耍百戏的戏场，想不到又有时新的戏文，真是有些不可思议，徐伟先生谁能说他不是社会柱石呢？他提倡男女平权，他主张男女同学，他更注重人道，但是不幸，竟在那里看见了这最悲惨的一幕！

樱花树头

春天到了，人人都兴高采烈盼望看樱花，尤其是初到日本留学的青年，他们更是渴慕着名闻世界的蓬莱樱花，那红艳如天际火云，灿烂如黄昏晚霞的色泽真足使人迷恋呢。

在一个黄昏里，那位丰姿翩翩的青年，抱着书包，懒洋洋地走回寓所，正在门口脱鞋的时候，只见那位房东西川老太婆接了出来行了一叩首的敬礼后便说道："陈样（日本对人之尊称）回来了，楼上有位客人在等候你呢！"那位青年陈样应了一声，便匆匆跑上楼去，果见有一人坐在矮几旁翻《东方杂志》呢，听见陈样的脚步声便回过头叫道：

"老陈！今天回来得怎么这样晚呀？"

"老张，你几时来的？我今天因为和一个朋友打了两盘球，所以回来迟些。有什么事？我们有好久不见了。"

那位老张是个矮胖子，说话有点土腔，他用劲地说道：

"没有……什么大事……只是……现在天气很——好！樱花有的都开了，昨天一个日本朋友——提起来，你大概也认得——就是长泽一郎，他家里有两棵大樱花已开得很好……他请我们明天一早到他家里去看花，你去不？"

"哦，这么一回事呀！那当然奉陪。"

老张跟着又嘻嘻笑道："他家还有……很好看的漂亮姑娘呢！"

"你这个东西，真太不正经了。"老陈说。

"怎么太不正经呀！"老张满脸正色地说。

"得了！得了！那是人家的女眷，你开什么玩笑，不怕长泽一郎恼你！"老陈又说。

老张露着轻薄的神色笑道：

"日本的女儿，生来就是替男人开……心的呀！在他们德川时代，哪一个将军不是把酒与女人看成两件消遣品呢？你不要发痴了，要想替日本女人树贞节坊，那真是太开玩笑了！"

老陈一面蹙眉一面摇头道："咳！这是怎么说，老张简直愈变愈下流了……正经地说吧，明天我们怎么样去法？"

老张眯着眼想了想道："明早七点钟我来找你同去好了。"

"好吧！"老陈道，"你今天在这里吃晚饭吧！"

"不！"老张站起来说，"我还要去……看一个朋友，不打搅你了，明天会吧？"

"明天会！"老陈把老张送到门口回来，吃了晚饭，看了几页书，又写了两封家信就去睡了。

第二天七点钟时，老张果然跑来了。他们穿好衣服便一同到长泽一郎家里去，走到门口已看见两棵大樱花树，高出墙头，那上面花蕊异常稠密，现在只开了一小部分，但是已经很动人了。他们敲了两下门，长泽一郎已迎了出来，请他们在一间六铺席的客堂里坐下。不久，有一个十四五岁的女郎托着一个花漆的茶盘，里面放着三盏新茶，中间还有一把细瓷的小巧茶壶放在他们围坐着的那张小矮几上，一面恭恭敬敬地说了一声："诸位请用茶。"那声音娇柔极了，不禁使老陈抬起头来，只见那女孩头上盘着松松的坠马髻，一张长圆形的脸上，安置着一个端正小巧的鼻子，鼻梁两旁一双日本人特有的水秀细长的眼睛，两片如花瓣的唇含着驯良的微笑——老陈心里暗暗地想道：这个女孩倒不错，只因初次见面不好意思有什么表示。但是老张却张大了眼睛，看着那女孩嘻嘻地笑道："呵！这位贵娘的相貌真漂亮!"

长泽一郎道:"多谢张样夸奖,这是我的小舍妹,今年才十四岁,年纪还小呢,她还有一个阿姊比她大四岁……"长泽一郎得意扬扬地夸说她的妹子,同时又看了陈样一眼,向老张笑了笑。老张便向他挤眉弄眼地暗传消息。

长泽一郎敬过茶后便站起来道:"我们可以到外面去看樱花吧!"

他们三个一同到了长泽一郎的小花园里,那是一个颇小而布置得有趣的花园;有玫瑰茶花的小花畦,在花畦旁还有几块假山石。长泽一郎同老张走到假山后面去了。这里只剩下老陈。他站在樱花树下,仰着头向上看时,只听见一阵推开玻璃窗的声音,跟着楼窗旁露出一个十八九岁少女的艳影。她身上穿着一件淡绿色大花朵的和服,腰间系了一根藕荷色的带子,背上背着一个绣花包袱,那面庞儿和适才看见的那个小女孩有些相像,但是比她更艳丽些。有一枝樱花正伸在玻璃窗旁,那女郎便伸出纤细而白嫩的手摘了一朵半开的樱花,放在鼻旁嗅了嗅,同时低头向老陈嫣然一笑。这真使老陈受宠若惊,连忙低下头装作没理会般。但是觉得那一刹那的印象竟一时抹不掉,不由自主地又抬起头来,而那个捻花微笑的女孩似乎害羞了,别转头去嗤嗤地笑,这些做作更使老陈灵魂儿飞上半天去了,不过老陈是一个很有操守的青年，而且他去年暑假才同他的爱人结婚——这一个诱惑其势来得太凶，使老陈不敢兜揽，赶紧悬崖勒马，离开这个危险的处所，去找老张他们。

走到假山后，正见他们两人坐在一张长凳上，见他来了，长泽一郎连忙站起来让座，一面含笑说道："陈样看过樱花了吗？觉得怎么样？"

老陈应道："果然很美丽，尤其远看更好，不过没有梅花香味浓厚。"

"是的，樱花的好看只在它那如荼如火的富丽，再过几天我们可以到上野公园去看，那里樱花非常多，要是都开了，倒很有看头呢。"长泽一郎非常热烈地说着。

"那么很好，哪一天先生有工夫，我们再来相约吧。我们打搅了一早晨，现在可要告别了。"

"陈样事情很忙吧！那么我们再会吧！"

"再会！"老张老陈说着就离开了长泽一郎家里。在路上的时候，老张嬉皮笑脸地向老陈说道：

"名花美人两争艳，到底是哪一个更动心些呢？"老陈被他这一奚落不觉红了脸道："你满嘴里胡说些什么？"

"得了！别装腔吧！适才我们走出门的时候，还看见人家美目流盼地在送你呢？你念过词没有——'欲问行人去哪边？眉眼盈盈处。'真算是为你们写真了。"

老陈急得连颈都红了道："你真是无中生有，越说越离奇，我现在还要到图书馆去，没工夫和你斗口，改日闲了，再同你慢慢地算账呢！"

"好吧！改天我也正要和你谈谈呢，那么这就分手——好好地当心你的桃花运！"老张狡狯地笑着往另一条路上去了。老陈就到图书馆里看了两点多钟的书，在外面吃过午饭后才回到寓所，正好他的妻子的信到了，他非常高兴拆开读后，便急急地写回信，写到正中，忽然间停住笔，早晨那一出剧景又浮上在心头，但是最后他只归罪于老张的爱开玩笑，一切都只是偶然的，值不得什么。这么一想，他的心才安定下来，把其余的半封信续完，又看了些时候的书，就把这天混过去了。第二天是星期一，老早便起来到学校去，走到半路的时候，他忽然想起他到学校去的那条路是要经过长泽一郎的门口的，当他走到长泽一郎家的围墙时，那两棵樱花树枝在温暖的春风里微微点着头，似乎在说"早安呵，先生！"这不禁使他站住了。正在这时候，那楼窗上又露出一张熟识的女郎笑靥来，那女郎向他微微点着头，同时伸手折了一枝盛开的樱花含笑地扔了下来，正掉在老陈的脚旁，老陈踌躇了一下，便捡了起来说了一声"谢谢"，又急急地走了。隐隐还听见女郎关玻璃窗的声音，老陈一路走一路琢磨，这果真是偶然吗？但是怎么这样巧，有意吗？太唐突人了。不过老张曾说过日本女人是特别驯良是特别没有身份的，也许是有意吧？管她呢，有意也罢，无意也罢，纵使"小"姑居处本无郎，而"使君自有妇"……或者是我神经过敏，那倒冤枉了人家，不过魔由自招，我明天以后换条路走好了。

过了三四天，老张又来找他，一进门便嚷道："老陈！你真是红鸾星照命呵！恭喜恭喜！"

"喂！老张，你真没来由，我哪里又有什么红鸾星照命，你不知道我已经结过婚吗？"

"自然！你结婚的时候还请我喝过喜酒，我无论如何不会把这件事忘了，可是谁叫你长得这么漂亮，人家一定要打你的主意，再三央告我做个媒，你想我受人之托怎好不忠人之事呢！"

"难道你不会告诉他我已经结过婚了吗？"老陈焦急地说。

"唉！我怎么没说过啊，不过人家说你们中国人有的是三房四妾，结过婚，再结一个又有什么要紧。只要分开两处住，不是也很好的吗？"老张说了这一番话，老陈更有些不耐烦了，便道："老张，你这个人的思想竟是越来越落伍，这个三妻四妾的风气还应当保持到我们这种时代来吗？难道你还主张不要爱情的婚姻吗？你知道爱情是要有专一的美德的啊!"

"老陈,你慢慢的,先别急得脸红筋暴,做媒只管做,允不允还在你。其实我早就知道这事一定是碰钉子的,不过我要你相信我一向的话——日本女人是太没个性、没身份的,你总以为我刻薄,就拿你这回事说吧,长泽一郎为什么要请你看樱花,就是想叫你和他的妹妹见面。他很知道青年人是最易动情的,所以他让他妹妹向你卖尽风情,要使这婚事易于成功……"

"哦!原来如此啊!怪道呢!……""你现在明白了吧!"老张插言道,"日本人家里只要有女儿,他便逢人就宣传这个女儿怎样漂亮,怎样贤惠,好像买卖人宣传他的货品一样,唯恐销不出去。尤其是他们觉得嫁给中国留学生是一个最好的机会,因为留学生家里多半有钱,而且将来回国后很容易得到相当的地位,并且中国女人也比较自由舒服。有了这些优点,他情愿把女儿给中国人做妾,而不愿为本国人的妻。所以留学生不和日本女人发生关系的可以说是很难得,而他们对于女人的贞操又根本没有这个观念。日本女人的性的解放在世界上可算首屈一指了,并且和她们发生关系之后,只要不生小孩,你便可以一点责任不负地走开,而那个女孩依然可光明正大地嫁人。其实呢,讲到贞操本应男女两方面共同遵守才公平。如像我们中国人，专责备女人的贞操而男子眠花宿柳，养情妇都不足为怪，倘使哪个女孩失去处女的贞洁便终身要为人所轻视，再休想抬头，这种残酷的不平等的习惯当然应当打破。不过像日本女人那样毫没有处女神圣的情感和尊严，也是太可怕的。呦！我是来做媒的，谁知道打开话匣子便不知说到哪里去了。怎么样，你是绝对否认的，是不是？"

"当然否认！那还成问题吗？"

"那么我的喜酒是喝不成了。好吧，让我给他一个回话，免得人家盼望着。"

"对了！你快些去吧!"

老张走后，老陈独自睡在地席上看着玻璃窗上静默的阳光，不禁把这件出乎意料的滑稽剧从头到尾想了一遍，心头不免有些不痛快。女权的学说尽管像海潮般涌了起来，其实只是为人类的历史装些好看的幌子，谁曾受到实惠？——尤其是日本女人，到如今还只幽囚在十八层的地狱里呵！难怪社会永远呈露着畸形的病态了！……

一段春愁

梅丽揽着镜子仔细地扑着粉，又涂了胭脂和口红，一丝得意的微笑，从她的嘴角浮起，懒懒地扬起那一双充溢着热情的媚眼，向旁边站着的同伴问道："你们看我美吗？年轻吗？"

"又年轻又美丽，来让我吻一下吧！"正在批改学生英文卷子的幼芬，放下红铅笔，一面说一面笑嘻嘻地跑了过来。

"不，不，幼芬真丑死了，当着这许多人，要做这样的坏事。"梅丽用手挡住幼芬扑过来的脸，但是正在幼芬低下头去的时候，梅丽竟冷不防地在她额上使劲地吻了一下，就在那一阵清脆的吻声中，全屋里的人都哈哈地笑起来了。

下课铃响了，梅丽已经打扮停当，她袅袅娜娜地走到挂衣服的架子旁，拿下那件新大衣，往身上一披，一手拉着门环，回过头来向同伴说了一声"Bye bye"才姗姗地去了。

"喂！你们知道她到什么地方去吧？"爱玉在梅丽走出去时，冷冷地向同伴们问。

"不晓得，"美玲说，"你也不知道吗？"

"我怎么就该知道呢？"爱玉的脸上罩了一层红潮。

"不是你该知道，是我以为你必知道。"美玲冷冷地说。

"算了，算了，你们这个也不知道，那个也不知道，只有我一个人知道。"阿憨突然接着说。

"你知道什么，快些滚开！"爱玉趁机解自己的围。

"这有什么稀奇，她到静安寺一百八十号去看情人罢了，你们都不好意思说出来，就让我这个大炮手把这闷住的一炮放了吧！"

"你这个小鬼倒痛快！"幼芬说，"可是你的炮还有半截没完。"

"唉，我是君子忠厚待人，不然当面戳穿未免煞风景。"

同伴们不约而同地都把视线集在爱玉的身上，哈哈地起着哄。

"奇怪，你们为什么都看着我笑？"爱玉红着脸说。

"哪里，我们的眼睛东溜西转是没有一定的，怎么是一定在看你，大约你是神经过敏吧！"阿憨若无其事地发挥着。

"小鬼你不要促狭，当心人家恨得咬掉你的肉。"幼芬笑着说。

"该死，该死，你们这些东西，真是狗嘴里吐不出象牙来！"爱玉一面拖住阿憨一面这样说。

"喂！爱玉我要问你一句话，你不许骗我。"阿憨笑嘻嘻地说。

"什么话?"

"很简单的一句话，就是你同梅丽是不是在搞一个甜心。"

"什么甜心，我不懂。"

"不懂吗？那么让我也权且摩登一下学说一句洋话，就是Sweet heart。"

"没有……我从来不爱任何男人，更不至同人家抢了……你听谁说的?"

"谁也不曾说，不过是我的直觉。"

"不相信，一定是你听到什么话来的。"

"不相信由你，只是我问你的话，你凭良心来答复我……不然我又要替你去宣传了。"

"那种怪话有什么可宣传的，我老实告诉你吧，那个密司特王我在一年前就认得他，假使我真要同梅丽抢也不见得抢不过她，不过我觉得一个女孩子同男子交际，不一定就要结婚……而且听说密司特王已经有一个女子了……但是我知道梅丽一定疑心我在和她暗斗，这真太可笑了。"

"其实也没有什么关系，这年头什么东西都是实行抢的主义，那么两个女人抢一个情人又算什么？而且又是近代最时髦的三角恋爱呀！"

"小鬼，你真是个小鬼，专门把人家拿来开心！"

"死罪死罪，小鬼从不敢有此异心，不过是阿憨的脾气心直口快而已，小姐多多原谅吧！"

爱玉用劲地拧了阿憨一把，阿憨叫着逃到隔壁房里去了。

当阿憨同爱玉开心的时刻，梅丽已到了静安寺一百八十号了，她站在洋房的门口，重新地打开小粉盒，把脸上又扑了些香粉，然后把大衣往里一掩，这才举手揿动门上的电铃，在这个时候她努力装成电影明星的风骚姿势。

不久门开了，一个年轻而穿着极漂亮的男人，含笑出现于门前的石阶上……这正合了梅丽的心愿，因此她就不走进去，故意地站在门口，慢慢转动着柔若柳枝的腰杆，使那种曲线分明妙曼的丰姿深深印入那男人的心目中。

那满面笑意的男人，敏捷地走了过来说道："欢迎，欢迎！"一面伸手接过梅丽的小提包。

"怎么样，好吗？密司特王！"梅丽含着深醇的微笑，柔声地说。

"谢谢，一切都照旧，你呢，小姐！"男人像一只鸟儿般活泼地说。

"我吗？唉，不久就要到天国去了！"梅丽嘻嘻地笑着说。

"你真会说笑话，小姐青春正富，离到天国还远着呢！"男人说着把仆人送来的茶接过来，放在梅丽面前说，"吃茶吧！"他依旧退到位子上去。

"青春！青春！"梅丽感触地叫道，"我哪里还有什么青春，你简直是故意地取笑我！"

"没有的话！"男人脸上装出十三分的真诚说道，"现在正是小姐的青春时代，真的，在你的脸上浮着青春的笑；在你的举动上，也是充满了青春的活泼精神……"

梅丽看着他微笑——深心里都欢喜得几乎涌出感激的眼泪来。

"喂！王，你的话我也相信是真的，我们学校里的同事样子都比我老得多，前几天我遇见密司特柳！他也称赞我年轻，并且还说我的眼睛和别人不同……王，你看出我的眼睛有什么不同吗?"

"对了,你的眼睛比无论什么人都美,而且含着一种深情……"王含笑说。

"真是的,你也这样说……你欢喜我的眼睛吗?"梅丽含羞地望着他。

男人挨近她身旁,低声说道:"你应许我吻你的眼睛吗?"

梅丽整个的颊上,罩了一阵红潮,半推半就地接受了那又温又香的一吻,于是沉默而迷醉的气氛把一双男女包围了。

"当嘟嘟……"电话铃响了,男人连忙跑去取下电话机来。"喂……我是王新甫……怎么样……哦好,可以,但是要稍微迟些……好,再会。"

"哪个的电话,不是爱玉的吗?"梅丽娇痴痴地说。

"不是,不是,"王有些惊惶地说道,"是一个男朋友约我去谈谈,有一点事务上的交涉!"

"哦,那就真不巧了,我想今晚同你去吃饭,并且看《卡门》去。"

"真是讨厌,"男人皱着眉头说,"我要不是为了一些事务上必须接洽的事,我就辞掉他了……这样吧,我明天陪你去如何?"

"也好吧……那么我现在去了，省得耽搁你的正事！"

"何必那样说！"他说，"这更使我抱歉了！"

"算了吧，这又有什么歉可抱呢，只要你不忘记你还有我这么一个朋友就行了。"

梅丽站了起来，王把大衣替她披上，一直送她到了电车站，他才又回转来，重新洗了脸，头上抹了一些香油，兴匆匆地出去了。

梅丽上了电车回到家里时，心里像是被寂寞所戳伤，简直坐也不是站也不是，她想找爱玉去看电影——同时她心里有些疑决不下的秘密，也想借此探探虚实。她重新披上大衣，叫了一辆人力车，到了爱玉的家门口，只见她家的张妈站在门口，迎着笑道：

"小姐才出去了。"

"哦，也出去了，你知道她到什么地方去吗？"

"那我不大清楚，是王少爷来接她去的。"

"王少爷！哪一个王少爷？"

"就是住在静安寺的。"

"哦……回头小姐来时，你不必多说什么，只说我来看她就是了。"

"晓得了。"张妈说着，不住地向梅丽懊丧的面色打量，梅丽无精打采地仍坐了原车回家去了。

次日绝早，梅丽独自个坐在办公室里，呆呆地出神，不久美玲推门进来了。"喂，梅丽，你今天怎么来得这么早！"

"昨晚睡不着，所以老早就起来了。"

"为什么睡不着？莫非有什么心事吗？……你昨天一定有点什么秘密，说真话，何时请我们吃喜酒。"

"你真是会说梦话，我这一生再不嫁人的，哪来的喜酒请你吃呢？我告诉你吧，这个世上的男人都坏透了，嘴里甜蜜蜜的，心里可辣得很呢！"

"这是什么意思，你发这些牢骚？"

"哪个又在发牢骚呀！"爱玉神采飞扬地跑了进来插言说道。

"你今天什么事这样高兴呀？"美玲回头向爱玉说。

"我天天都是这样，也没有高兴，也没有不高兴。"

"你到底是个深心人，喜怒哀乐不形于色！"阿憨又放起大炮来。

"哼，什么话到了你这小鬼嘴里就这样毫无遮拦！"梅丽笑着拧着阿憨的嘴巴子说，大家都不禁望着阿憨发笑。

第一课的钟声打过了，爱玉、梅丽都去上课，办公室里只剩下美玲、幼芬和阿憨。这时美玲望着她俩的影子去远了，便悄悄地笑道："这两个都是傻瓜，王简直就是拿她们耍着玩，在梅丽面前，就说梅丽好，在爱玉面前就说爱玉好，背了她们俩和老伍他们就说：'这些老处女，我可不敢领教，不过她们追得紧，不得不应付应付。'你说这种话叫梅丽和爱玉听见了要不要活活气死！"

"这些男人真不是好东西，我们叫梅丽她们不要睬他吧，免得他烂嚼舌根！"幼芬天真地说。

"那你简直比我老憨还憨，她俩可会相信你的话？没准惹她们两边都骂你！"阿憨很有经验似的说。

幼芬点头笑道："你的话不错，我们不管他们三七二十一，冷眼看热闹好了。"

中午吃饭的时候，梅丽拿着一封信，满脸怒气地骂道："什么该死的东西，他竟骗了我好几个月，现在他的情人找上来，他倒也撇得清，竟替我介绍起别人来，谁稀罕他，难道我家里就没有男人们，他们就没有朋友可介绍，一定要他这死不了的东西多管闲事！"

"喂！这算什么，哪个又得罪了你呀？"阿憨找着碰钉子，梅丽睬都不睬她，便饭也不吃地走了。

爱玉却镇静得若无其事般地说道："美玲，密司特王要订婚了，你知道吗？他的爱人已经从美国回来了。"

"哦，这个我倒没有听说……这就难怪梅丽刚才那么痛心了。"

"本来是自己傻瓜嘛……所以我再也不上他的当。"爱玉装出得意的样子说。

阿憨向着幼芬微笑，她简直又要放大炮了，幸喜幼芬拦住她道："你不要又发神经病呀。"阿憨点点头，到底伏着她的耳朵说道："她是哑子吃黄连，有苦不能言罢了。"一阵"咯咯"的大笑后，阿憨便扬长而去。

梅丽这几天是意外的沉默，爱玉悄悄地议论道："你们看梅丽正害 love sick①，你们快替她想个法子吧。"

"夫子莫非自道吗？"阿憨又憨头憨脑地盯上这么一句，使爱玉笑不得哭不得，只听见不约而同几声"小鬼，小鬼"向着阿憨，阿憨依然笑嘻嘻地对付她们。

时间把一切的纠纷解决了，在王先生结婚后的两个月，梅丽和爱玉也都有了新前途，这一段春愁也就告了结束。

---

① 译为：相思病。

前　尘

　　春天的早晨，酩醺含笑，悄对着醉意十分的朝旭。伊正推窗凝立，回味夜来的梦境：山崖叠嶂耸翠的回影，分明在碧波里轻漾，激壮的松涛，正与澎湃的海浪，遥相应和。依稀是夕阳晚照中的千佛山景，还有一声两声磬钹的余响，又像是灵隐深处的佛音。

　　三间披茅附藤的低屋，几湾潺湲蜿蜒的溪流，拥护着伊和他，不解恋海的涯际，是人间，还是天上，只憧憬在半醉半痴的生活里，不觉已消磨了如许景光。

　　无限怅惘，压上眉梢，旧怨新愁，伊似不胜情，放下窗幔，怯生生地斜倚雕栏，忽见案头情影成双；书架上的花篮，满栽着素嫩翠绿的文竹，叶梢时时迎风招展，水仙的清香，潜闯进伊的鼻观，蓦省悟，这一切都现着新鲜的欣悦，原来正是新婚的第二天早晨呵！

唉！绝不是梦境，也不是幻象，人间的事实，完全表现了，多么可以骄傲。伊的朋友，寄来《凯歌新咏》，伊含笑细读，真是味长意深；但瞬息百变的心潮，禁不得深念，凝神处，不提防万感奔集，往事层层，都接二连三地，涌上心来。

无聊地来到书橱边，把两捆旧笺，郑重地重新细看。读到软语缠绵的地方，赢得伊低眉浅笑，若羞似喜。不幸遇到苦调哀音的过节，不忍终篇，悄悄地痛泪偷弹，这已是前尘影事，而耐味榆柑，正禁不起回想啊！

人间多少失意事，更有多少失意人。当他们楚囚对泣的时候，不绝口的咒诅人生，仿佛万种凄酸，都从有生而来；如果麻木无知，又悲喜何从——伊也曾失望，也曾咒诅人生，但如今怎样？

　　收拾起旧恨新愁，拈毫管；谱心声，低低弹出水般清调，云般思流；人间兴废莫问起，且消受眼底温柔。

无奈新奇的异感，依然可以使伊怅惘，可以使伊彷徨。

当伊将要结婚之前，伊的朋友曾给伊一封信道：

想到你披轻绡，衣云罗，捧着红艳的玫瑰花，含
情傍他而立；是何等的美妙，何等的称意；毕竟是有
情人终成了眷属，可是二十余年美丽的含蓄而神秘的
少女生活，都为爱情的斧儿破坏了。不解人事的朋
友——你——我们的交情收束了，更从头和某夫人订
新交了。这个名称你觉得刺耳不？我不敢断定；但我
如此地称呼你时，的确觉得十分不惯；而且又平添了
多少不舒服的感想！噫！我真怪僻！但情不自禁，似
乎不如此写，总不能尽我之意，好朋友！你原谅我
吧！……

这是何等知心之谈；伊何能不回想从前的生活；甚至
于留恋着从前的幽趣，竟放声痛哭了。

伊初次见阿翁——当未结婚之前，只觉羞人答答地；
除此外尚不曾感到别种异味，现在呢？……记得阿翁对伊
叮嘱道："善持家政，好和夫婿……"顿觉肩上平添多少重
量。伊原是海角孤云，伊原是天边野鹤；从来顽憨，哪解
得问寒嘘暖，哪惯到厨下调羹弄汤？闲时只爱读《离骚》，
吟诗词，到现在，拈笔在手，写不成三行两语，陡想起锅

里的鸡子，熟了没有？便忙忙放下笔，收拾起斯文的模样，到灶下做厨娘，这种新鲜滋味，伊每次尝到，只有自笑人事草草，谁也免不了哟！

不傍涯际的孤舟，终致老死于不得着落的苦趣中，彷徨的哀音，可以赚不少人同情的眼泪，但紧系垂杨荫里的小羊，也不胜束缚之悲，只是人世间，无处不密张网罗，任你孙悟空跳脱的手段如何高，也难出如来佛的掌握。况伊只是人间的弱者，也曾为满窗的秋雨生悲，也曾因温和的春光含笑，久困于自然的调度下，纵使心游天阃，这多余的躯壳，又安得化成轻烟，蒸成大气，游于无极之混元中呢！

记得朔风凛冽的燕京市中，不曾歇止的飞沙，不住地打在一间矮屋角上。伊和她含愁围坐炉旁，不是天气恼人，只怪心海浪多，波涌几次，觉得日光暗淡，生趣萧索。

伊手抚着温水袋，似憾似凄地叹道："你的病体总不见好；都由心境郁悒太过，人生行乐，何苦自戕若是？"她勉强苦笑道："我比不得你……现在你是一帆风顺了，似我飘零，恐怕不是你得意人所能同日而语的；不过人生数十年的光阴，总有了结的一天，我只祝福你前途之花，如荼如火，无限的事业，从此发轫；至于我呵，等到你重来京华的时候，或者已经乘鹤回真！剩些余影残痕，供你凭吊罢了……"伊听了这话，只怔怔地一言不发，仿佛她的话都变作尖利的细针将伊嫩弱的心花，戳成无数的创伤，不禁含泪，似哀求般说："你对于我的态度，为什么忽然变了？你这些话分明是生疏我，我不解你从前待我好，现在冷淡我是为什么？虽然我晓得，我今后的环境，要和你不同了，但我心依旧不曾忘你。唉！我自觉一向冷淡，谁晓得到头来却自陷唯深！……"

唉！一番伤心的留别话，不时涌现于伊的心海之上，使她感到新的孤寂，尝受到异样的凄凉，伊相信事到结果，都只是煞风景的味道。伊向来是景慕着希望的隽永，而今不能了，在伊的努力上是得了胜利，可以傲视人间的失意者，但偶听到失意者的哀愤悲音，反觉得自己的胜利是极可轻鄙的。

自从伊决定结婚的信息传出后，本来极相得忘形的朋友，忽然同伊生疏了。虽有不少虚意的庆祝话，只增加伊感到人间事情的伪诈。

她来信说："……唯望你最乐时期中，不要忘了孤零的我，便是朋友一场……"

她来信说："……独一念到侃侃登台，豪气四溢的良友，而今竟然盈盈花车中，未免耐人寻思，终不禁怅然了。往事何堪回首？"多感善思的伊，怎禁得起如许挑拨？在这香温情热的蜜月中，伊不时紧皱眉峰，当他外出的时候，伊冷清清地独坐案前，不可思议的怅恨，将伊紧紧捆住，如笼愁雾，如罩阴霾；虽处美满的环境里，心情终不能完全变换，沉迷的欣悦，只是刹那的异感，深镂骨髓的人生咒诅，不时现露苍凉的色彩。

这种出乎常情的心情，伊只想强忍，无奈悲绪如蒲苇般柔韧而绵长，怯弱的伊，终至于抗拒无力。伊近来极不愿给朋友们写信，当伊提起笔，心里便觉得无限辛酸，写起信来，便是满纸哀音，谁相信伊正在新婚陶醉的时期中？伊这种的现象，无形中击碎了他的心。

在一天的夜里，天空中，倒悬着明镜般的圆月，疏星欲敛还亮地，隐约于云幕的背后，伊悄然坐在沙发上，看他伏案作稿，满蓄爱意的快感使伊不禁微笑了。但当伊笑意才透到眉梢头，忽然又想到往事了。伊回忆到和他恋爱的经过——

最初若有若无的恋感，仿佛阴云里的阴阳电，忽接忽离，虽也发出闪目的奇光，但终是不可捉摸的，那时伊和他的心，都极易满足，总不想会面，也不想晤谈，只要每日接到一封信，这心里的郁结，便立刻洗荡干净。老实说，信的内容，以至于称呼，都没有什么特殊的色彩，但这绝不妨碍伊和他相感相慰的效力。

而且他们都有怪癖，总不愿意分明地写出他们的命意，只隐隐约约写到六七分就止了。彼此以猜谜的态度，求心神上的慰安，在他们固然是知己知彼，失败的时候很少，但也免不了，有的时候猜错了，他们的心流便要因此滞住了，但既经疏通之后，交感又深一层。

　　在他们第一期的恋感中，彼此都仿佛是探险家，当摸不着边际的时候，彷徨于茫茫大海的里头，也曾生绝望的思想，但不可制止的恋流，总驱逐着他们，低低地叫道："往前去！往前去！"这时他们只得再鼓勇气，擦干失望的泪痕，继续着努力了。

　　他们来往的书信，所说的多半是学问上的讨论，起初并不见得两方的见解绝对相同，但只要他以为对的，伊总不忍完全反对，他对伊也是一样的心理，他们学问的见解，日趋于同，心情上的了解也就日深一日了。这种摸索着探险的生活，希望固可安慰他们的热情，而险阻种种，不住地指示他们人生的愁苦，当他们出发的时候，各据一端，而他们的目的地，全在那最高的红灯塔边。一个从东走，一个从西来，本来相离很远，经过多少奇兀的险浪、汹波，还有猛鲸硕鼋，他们便一天接近一天了。

　　天下绝没有如直线般的道路，他们走到山穷水尽的时候，往往被困在悬崖的边上，下面海流荡荡，大有稍一反侧，便要深陷的危险，这时候伊几次想悬崖勒马，生出许多空中楼阁，聊慰凄苦的方法来，伊曾写信给他说：

> ……我不敢想人间的幸福，因为我是不幸者，但我不信上帝苛酷如是，便连我梦魂中的慰安，也剥夺了吗？
>
> 我记得悬泉飞瀑的底下，我曾经驻留过。那时正是夕阳满山，野花载道，莺燕互语的美景中你站在短桥上，慢吟新诗，我倒骑牛背，吹笛遥应，正是高山流水感音知心。及至暮色苍茫，含笑而别，恬然各归，郑重叮咛，明日此时此地，莫或愆期。唉！这是何等超卓的美趣啊！我希望——唯一的希望，不知结果如何，你也有意成就我吗？

超越世间的美趣，如幽兰般，时时发出迷人的醉香，诱引他们不住地前进，不觉得疲敝。有时伊倦了，发出绝望的悲叹，他和泪濡墨恳切地写道："唉！我已经灰冷的心为谁热了，啊！"这确实是使伊从颓唐中兴奋。

沉迷在恋海里面的众生，正似嗜酒的醉汉，当他浮白称快的时候，什么思想都被摈斥了。只有唯一的酒，是他的生命。不过等到清醒的时候，听见朋友们告诉他醉里的狂态，自己也不觉哑然失笑。至于因酒而病的人，醒后未尝不生悔心，不过无效得很，不闻酒香，尚可暂时支持，一闻酒香，便立刻陶醉了。伊和他正是情海里的迷魂，正如醉汉的狂态。他们的眼泪只为他们迷狂而流，他们的笑口也只为他们的迷狂而开。

伊想到未认识他以前，从不曾发过悲郁的叹声，纵有时和同学们争吵气愤至于哭了，这只是一阵的暴雨，立刻又分拨阴霾，闪烁着活泼的阳光了。自从认识他以后，伊才了解人间不可言说的悲苦。伊记得有一次，正是初秋的明月夜，他和伊在公园里闲散，他忽然因美感的强激，而生出苍凉的哀思，微微叹了一声。伊悄悄地问道："你怎么了？"他只摇头道："没有什么。"这种的答话，在伊觉得他对自己太生疏了，情好到这种地步，还不能推心置腹。伊想到这里，觉得自己真是天地间的孤零者了，往日所认为唯一可靠的他，结果终至于斯，做人有什么意义，镇日价奔波劳碌，莫非只为生活而生活吗？这种赘疣般的人生，收束了倒干净呢？伊越思量越凄楚。这时他们正来到石狮蹲伏着的水池边，伊悲抑地倚在石狮的背上，含泪的双眸，凄对着当空的皎月。银光似的月影正笼罩着一畦云般的蓼花，水池里的游鱼，依稀听得见喽喋的微响，园里的游人，都群聚在茶肆酒馆前。这满含秋意的境地里，只有他们的双影，在他们好和无间的时候，到了这种萧瑟苍凉的地方，已不免有身世之感。况今夜他们各有各的心事：伊憾他不了解自己的衷怀，他伤伊误解自己的悲凄。他本想对伊剖白，无奈酸楚如鲠，欲言还休。伊也未尝不思穷诘究竟，细思又觉无味。因此悄默相对，伊终究落下泪来，伤感既深，求解脱的心。忽然如电光一闪，照见人生究竟，大有放下屠刀，立地成佛之思，把痴恋之柔丝，用锋利的智慧刀，一齐割断，立刻离开那蹲伏的石狮子，很斩决地对他道："我已倦了，先回去吧！"他这时的伤感绝不在伊之下，看了伊这种决绝的神气，更觉难堪，也一言不发地走了。伊孤孤零零出了园门，万种幽怨，和满心屈曲，缠搅得伊如腾云雾。昏沉中跳上人力车，两泪如断线珠子般，不住滚落襟前。那时街上的行人，已经稀少了，鱼鳞般的丝云，透出暗淡的月色，繁伙的众星，都似无力地微睁倦眼，向伊表示可怜的闪烁。

伊回到家里，家人已经都睡了。静悄悄的四境，更增加不少的凄凉，伊悄对银灯，拈起秃笔，在一张纸上，一壁乱涂，一壁垂泪，一张纸弄得墨泪模糊。直到壁上的钟敲了三点，伊才觉倦惰难支，到床上睡了，梦里兀自伤心不止。辗转终夜，第二天头晕目胀，起床不得——伊本约今天早晨找他去，现在病了去不得，一半也因昨夜的芥蒂不愿去。在平日一定要叫人去通知，叫他不用等，或者叫他来，而现在伊总觉得自己的心事，他一点不知道，十分怨怒，明知道伊若不去，他一定要盼望，或者他也正伏枕饮泣；只是想要体谅他，又不胜怨他，结果这一天伊不曾去访他，也不派人通知他，放不下的心，和愤气的念头，缠搅着，唯有蒙起被来痛快地流泪。

到第二天的早晨，伊的病已稍好些，勉强起来，但寸心忐忑，去访他呢？又觉得自己太没气了，不去访他呢？又实在放心不下。伊草草收拾完，无聊闷坐在书案前，又怕家人看出破绽，只得拿了一本《红楼梦》，低头寻思，遮人耳目。

门前来了一阵脚步声，听差的拿进一封信来，正是他的笔迹，不由得心乱脉跳，急急拆开看道：

今天你不来，料是怒我，我没有权利取得世界一切人的同情与谅解，并也没有权利取得你的同情与谅解了！我在世界真是一个无告的人了！随他难过去吧！随他伤心去吧！随他痛哭去吧！随他……去吧！人家满不在乎，这多一个不加多，少一个不见少的人，我又何苦必在乎这个。生也没有快乐，死也不见可惜，糟粕似的人生！我只怨自己的看不破，于人乎何尤——明日能来也好，不来也好！

伊看了这封信，怨怒全消，只不胜可怜他委屈的悲伤，伊哭着咒骂自己，为什么前夜决绝如此，使他受苦；现在不晓得悲郁到什么地步，憔悴到怎般田地了，伊思着五脏若焚，急急将信收起，雇上车子去访他。在路上心浪起伏，几次泪液承睫，但白天比不得夜里，终不好意思当真哭起来，只得将眼泪强往肚里咽。及至来到他的屋子门口，那眼泪又拼命地涌出来，悄悄走进他的房间，唉！果然他正在伏枕呜咽。伊真觉得羞愧和不忍，慢慢掀开他的被角，泪痕如线，披挂满脸，两目紧闭，暗淡欲绝，伊禁不住伏在他的怀里，呜咽痛哭。他见了伊，仿佛受委屈的小孩见了亲人更哭得伤心了。

人生有限的精神，经得起几许消磨？伊和他如醉如痴的生活，不只耽搁了好景光，而且颓唐了雄心壮志，在这种探索彼岸的历程中，已经是饱受艰辛，受苦恼，哪更禁得起外界的刺激呵！

他们的朋友，有的很能了解他们的，但也有只以皮毛论人的，以为他们如此的沉迷，是不当的，于是造出许多谣言，毁谤他们，这种没有同情的刺激，也足使伊受深刻的创伤，记得有一次，伊在书案上，看见伊的朋友寄伊表妹的一封信，里头有几句话道："你表姊近状到底怎样？她的谣言，已传到我们这里来了。人们固然是无情的，但她自己也要检点些才是。她的详状，望你告我何如?"

伊读了这一段隐约的话，神经上如受了重鼎的打击，纵然自己问心，没有愧对人天的事，但社会的舆论也足以使人或生或死呢！同学彬如不是最好的例吗？她本来很被同学优礼，只因前天报上登了一段毁谤她的文字，便立刻受同学们的冷眼，内情的真伪，谁也不晓得，但毁谤人的恶劣本能，无论谁都比较发达呢！彬如诚然是不幸了，安知自己不也依然不幸呢？伊越想越怕，终至于忏悔了。伊想伊所受的苦已经够了，真是惊弓之鸟，怎禁得起更听弹弓的响声呢！

唉！天地大得很呵！但伊此刻只觉得无处可以容身了。伊此时只想抛却他，自己躲避到一个没有人烟的孤岛上，每天吃些含咸味的海水和鱼虾，毁誉都不来搅乱伊；到了夜里，垫着银光闪灼的细纱的褥子，枕着海水洗净的白石，盖着满缀星光的云被；那时节任伊引吭狂唱恋歌，也没人背后鄙夷了！便紧紧搂着他，以天为证，以海为媒，甜蜜的接吻，也没有人背后议论了！况且还有依依海面的沙鸥，时来存问，咳，哪一件不是撇开人间的桎梏呵……但不知道他是否一样心肠？唉！可怜！真愚钝呵！不是想抛弃他，怎么又牵扯上他呢？

　　纷乱的矛盾思流，不住在伊心海里循荡着，不知道经过多少时光，伊才渐渐淡忘了。呵！最后伊给伊表妹的朋友写封信道：

　　　　读你臻舍表妹信，知道你不忘故人，且弥深关怀，感激之心真难言喻。不过你所说的谣言，不知究竟何指？至于我和他的交往，你早就洞悉详细，其间何尝有丝毫不坦白处？即使由友谊进而为恋爱，因恋爱而结婚，也是极平常的人事，世界上谁是太上，独能忘情？人间的我，自愧弗如。但世俗毁谤绝非深知如你的之所出，故敢披肝沥胆，一再陈词，还望你代我洗涤，黑白倒置，庶得幸免。

　　伊这信寄去后，心态渐次恢复原状，只留些余痕，滋伊回忆。情海风波，无时或息，叠浪兼涌，接连不止，这时他和伊中间的薄膜，已经挑破了，但不幸的阴云，不提防又从半天里涌出。当伊和他发生爱恋以后，对于其他的朋友，都只泛泛论交，便是通信，也极谨慎，不过伊生性极洒脱，小节上往往脱略，许多男子以为伊有意于己，常常自束唯深，伊有时还一些不觉得。有一次伊的朋友，告诉伊说：外面谣传，伊近来和某青年很有情感，不久当有订婚的消息。伊听了这话，仿佛梦话，不禁好笑，但伊绝不放在心上，依然是我行我素。

有一天早晨，伊尚在晓梦沉酣的时候，忽听见耳旁有人叫唤，睁眼细看，正是伊的表妹，对伊说快些起来，姓方的有电话。伊惺忪着两眼，披上衣服，到外面接电话，原来是姓方的约伊公园谈话。伊本待不去，无奈约者殷勤，辞却不得，忙忙收拾了到公园，方某已在门旁等待。伊无心无意地敷衍了几句，便来到荷花池边的山石上坐下，看一群雪毛的水鸭，张开黄金色的掌，在水面游泳。伊正当出神的时候，忽听方问伊道："你这两天都做些什么事？"伊用滑稽的腔调答道："吃了睡，睡了吃，人生的大事不过尔耳！"方道："我倒求此而不得呢！"伊说："为什么？"方忽然叹道："可恼的失眠病现在又患了。这两天心绪之不宁，真算厉害了！唉！真是彷徨在茫漠的人间，孤寂得太苦了……"伊似乎受了暗示，仿佛知道自己又做错了，心里由不得抖战，因努力镇定着，发出冷淡的声调道："草草人生，什么不是做戏的态度，何必苦思焦虑，自陷苦趣呢？我向来只抱游戏人间的目的，对于谁都是一样的玩视，所以我倒不感到没有同伴的寂寞，而且老实说起来，有许多人表面看起来，很逼真引为同伴的，内心各有各的怀抱，到头来还是水乳不相容，白费苦心罢了。"

方对于伊的话，完全了解；但也绝不愿意再往下说了。只笑道："好！游戏人间吧！我们到前面去坐坐。"他们来到前面茶座上，无聊似的默坐些时，喝了一杯茶，就各自散了。到家以后，他刚好来了，因问伊到什么地方去，伊因把到公园，和方的谈话全告诉了他。他似乎有些不高兴，停了好久，他才冷冷地道："我想这种无聊的聚会，还是少些为妙，何苦陷入自苦呢？"伊故意问道："你这话什么意思，我笨得很，实在不大明白……放心吧……"他禁不住笑了道："我有什么不放心？"

在伊只是逢场作戏，无形中，不知害了多少人，但老实说，伊绝不曾存心害人；伊也绝不想到这便是自苦之源。

在那一年的夏天，白色的茶花，正开得茂盛，伊和他的一个朋友，同坐在紫藤架下，泥畦里横爬出许多螃蟹来，沙沙作响。伊伏在绿草地上，有意捉一只最小的，但终至失败了，只弄得满手是泥，伊自笑自己的顽憨，伊的朋友也笑道："你仿佛只有六岁的小孩子，可是越显得天真可爱！"他说完含笑望着伊，伊不觉脸上浮起两朵红云，又羞又惊地低着头，那种仓皇无措的神情，仿佛被困狼群的小羊。但他绝不放松这难得的机会，又继续着道："我原是黄夜奔前程的孤舟，你就是那指示迷途的灯塔，只有你，我才能免去覆没之忧，我求你不要拒绝我。"伊急得几乎要哭了，颤声道："你不知道我已经爱了他吗……我岂能更爱别人！"他迫切地说："你说能爱他，为什么不能爱我？我们的地位不是一样吗？"伊摇头道："地位我不知道，我只晓得我只爱他……好了！天不早了，我应当回去了。"他说："天还早，等些时，我送你回去。""不！我自己晓得回去，请你不要送我……"伊说着等不得更听他的答言，急急往门口走，他似含怒般冷笑望着伊道："走也好！但是我总是爱你呢？"

　　这种不同意的强爱，使伊感到粗暴的可鄙、无限的羞愤和委屈。当伊回到家里的时候，止不住落下泪来。但不解事的那朋友又派人送信来，伊当时恨极，不曾开封，便用火柴点着烧化了，独自沉想前途的可怕，真憾人类的无良，自己的不幸。但这事又不好告诉他，伊忧郁着无法可遣，每天只有浪饮图醉，但愁结更深，伊憔悴了，消瘦了！而他这时候，又远隔关山，告诉无人，那强求情爱的朋友，又每天来找伊，缠搅不休。这个消息渐渐被他知道了，便写信来问伊：究竟是什么意思？伊这时的委屈，更无以自解，想人间无处而不污浊，怯弱如伊，怎能抗拒。再一深念他若因此猜疑，岂不是更无生路了吗？伊深自恨，为什么要爱他，以至自陷苦海！

伊深知人类的嫉妒之可怕，若果那朋友因求爱不得，转而为恨，若只恨伊倒不要紧，不幸因伊恨他，甚至于不利于他，不但闹出事来，说起不好听，抑且无以对他，便死也无以卸责呵！唉！可怜伊寸肠百回，伊想保全他，只得忍心割弃他了。因写信给他道：

唉！烧余的残灰，为什么使它重燃？那星星弱火——可怜的灼闪——我固然不能不感激你，替我维持到现在，但是有什么意义？不祥如我，早已为造物所不容了，留着这一丝半丝的残喘，受酷苛的冷情宰割！感谢你不住地鼓励我，向那万一有幸的道路努力，现在恐怕强支不能，终须辜负你了！

我没什么可说，只求你相信我是不祥的，早早割弃我，自奔你光辉灿烂的前程，发展你满腹的经纶，这不值回顾的儿女痴情，你割弃了吧！我求你割弃了吧！

我日内已决计北行，家居实在无聊。况且环境又非常恶劣，我也不愿仔细地说，你所问的话，我只有一句很简单的答复：为各方面干净，还是弃了我吧！我绝不忍因爱你而害你，若真相知，必能谅解这深藏的衷曲……

伊的信发了，正想预备行装，似悟似怨的心情，还在流未尽的余泪，忽然那朋友要自杀的消息传来了，其他的朋友，立刻都晓得这信息，逼着伊去敷衍那朋友，伊决绝道："我不能去，若果他要死了，我偿命就是了，你们须知道，不可言说的欺辱来凌迟我，不如饮枪弹还死得痛快呵！"伊第二天便北上了。伊北上以后，那朋友恰又认识了别的女子，渐渐将伊淡忘，灰冷的心又闪灼着一线的残光——正是他北去访伊的时候。唉！波折的频来，真是不可思议，这既往的前尘，虽然与韶光一齐消失了，而明显的印影，到如今兀自深刻伊的脑海。

　　皎月正明，伊哪里有心评赏，他的热爱正浓，伊的心何曾离去寒战。

　　这时伏案作稿的他，微有倦意，放下笔，打了一回呵欠，回视斜倚沙发的伊，面色愁惨，泪光莹莹，他不禁诧异道："好端端的为什么？"说着已走近伊的身旁，轻轻吻着伊的柔发道："现在做了大人了，还这样孩子气，喜欢哭。"说着含笑地望着伊；伊只不理，爽性伏在沙发背上痛哭了。他看了这种情形，知道伊的伤感，绝不是无因，不免要猜疑，他想道："伊从前的悲愁，自然是可以原谅，但现在一切都算完满解决了，为什么依旧不改故态，再想到自己为这事，也不知受了多少痛苦，只以为达到目的，便一切好了，现在结婚还不到三天，唉……未免没有意思呵！"他思量到这里，也由不得伤起心来。

在轻烟淡雾的湖滨，为什么要对伊表白心曲？若那时不说，彼此都不至陷溺如此深，唉！那夜的山影，那夜的波光，你还记得我们背人的私语吗？伊说：伊漂泊二十余年的生命，只要有了心的慰安——有一个真心爱伊的人，伊便一切满足了，永远不再流一滴半滴的伤心泪了……那时我不曾对你们——山影波光发誓吗？我从那一夜以后，不是真心爱伊吗？为什么伊的眼泪兀自地流，伊的悲调兀自地弹，莫非伊不相信我爱伊吗？上帝呵！我视为唯一的生路，只是伊的满足呵！伊只不住地弹出这般凄调，露出这般愁容……唉！

伊这时已独自睡了，但沉幽的悲叹，兀自从被角微微透出，他更觉伤心，禁不住呜咽了。伊听见这种哭声，仿佛沙漠的旷野里，迷路者的悲呼，伊不觉心里不忍，因从床上下来，伏在他的怀里道："你不要为我伤心，我实在对不住你！但我绝不是不满意你；不过是乐极悲生罢了。夜已深，去睡吧！"他叹道："你若常常这样，我的命恐怕也不长了。"说着不禁又垂下泪来。

实在说伊为什么伤心，便是伊自己也说不来，或者是留恋旧的生趣，生出的嫩稚的悲感；或者是伊强烈的热望，永不息止奔疲的现状。伊觉得想望结婚的乐趣，实在要比结婚实现的高得多。伊最不惯的，便是学做大人，什么都要负相当的责任，煤油多少钱一桶？牛肉多少钱一斤？如许琐碎的事情，伊向来不曾经心的，现在都要顾到了。

当伊站在炉边煮菜的时候，有时觉得很可以骄傲，以为从来不曾做过的事情，居然也能做了。有时又觉得烦厌，记得从前在自己家的时候，一天到晚，把书房的门关起来，淘气的小侄女来敲门，伊总不许她进来。左边经，右边史，堆满桌上，看了这本，换那本，看到高兴的时候，提笔就大圈大点起来，心里什么都不关住，只有恣意做伊所爱做的事。做到倦时，坐着车子，访朋友去。有时独自到影戏场看电影，或到大餐馆吃大餐，只是孤意独行，丝毫不受人家的牵掣，也从来没有人来牵掣伊，现在呢？不知不觉背上许多重担，哪得赤条条来去无牵挂呵！

昨夜有一个朋友，给伊和他一个珍贵的赠品——美丽而活泼的小孩模型。他含笑对伊道："你爱他吗？……"伊起初含羞悄对，继又想起，从此担子一天重似一天了，什么服务社会？什么经济独立？不都要为了爱情的果而抛弃吗？记得伊的表兄——极刻薄的青年，对伊道："女孩子何必读书？只要学学煮饭、保育婴儿就够了。"他们蔑视女子的心，压迫得伊痛哭过，现在自己到了危险的地步，能否争一口气，做一个合宜家庭，也合宜社会的人？况且伊的朋友曾经勉励伊道：

"吾友！努力你前途的事业！许多人都为爱情征服的。都不免溺于安乐，日陷于堕落的境地。朋友呵！你是人间的奋斗者。万望不要使我失望，使你含苞未放的红花萎落……"

伊方寸的心，日来只酣战着，只忧愁那含苞未放的红花要萎落，况且醉迷的人生，禁不起深思；而思想的轮辙，又每喜走到寂灭的地方去。伊的新家，只有伊和他，他每天又为职业束身，一早晨就出去了，这长日无聊，更使伊静处深思。笔架上的新笔，已被伊写秃了。而麻般的思绪，越理越乱。别是一般新的滋味，说不出是喜是愁，数着壁上的时计，和着心头的脉浪，只是不胜幽秘的细响，织成倦鸟还林的逸音，但又不无索居怀旧之感，真是喜共愁没商量！他每说去去就来，伊顿觉得左右无依傍。睡梦中也感到寂寞的怅惘。

豪放的性情，不知什么时候，悄悄地变了。独立苍茫的气概，不知何时悄悄地逃了。记得前年的春末夏初，伊和同学们东游的时候，那天正走到碧海之滨，滚滚的海浪，忽如青峰百尺，削壁千仞，直立海心。忽又像白莲朵朵，探蓴荷叶之底，海啸狂吼，声如万马奔腾，那种雄壮的境地，而今都隐约于柔云软雾中了。伊何尝不是如此，伊的朋友也何尝不是如此？便是世界的人类，消磨的结果，也何尝不是如此？

伊少女的生活，现在收束了，新生命的稚蕊，正在苗长；如火如荼的红花，还不曾含苞；环境的陷入，又正如鱼投罗网，朋友呵！伊的红花几时可以开放？伊回味着朋友们的话，唉！真是笔尖上的墨浪，直管浓得欲滴，怎奈伊心头如鲠，不能告诉你们，什么是伊前途的运命，只是不住留恋着前尘，思量着往事，伊不曾忘记已往的幽趣。伊不敢忘记今后的努力。

这不紧要几页的残迹，便是伊给朋友们的赠品，便是伊安慰朋友们的心音了。

花瓶时代

这能不感谢上苍，它竟大发慈悲，感动了这个世界上傲岸自尊的男人，高抬贵手，把妇女释放了，从奴隶阶级中解放了出来，现代的妇女，大可扬眉吐气地走着她们花瓶时代的红运，虽然花瓶，还只是一件玩意儿，不过比起从前被锁在大门以内作执箕帚和泄欲制造孩子的机器，似乎多少差强人意吧！

至少花瓶是一种比较精致的器具，可以装饰在堂皇富丽的大厅里，银行的柜台畔，办公室的桌子上，可以引起男人们超凡入圣的美感，把男人们堕落的灵魂，从十八层地狱中，提上人世界，有时男人们工作疲倦了，正要咒诅生活的干燥，乃一举眼，视线不偏不倚的，投射到花瓶上，全身紧张着的神经轻松了，趣味油然而生。这不是花瓶的价值和对人类的贡献吗？唉，花瓶究竟不是等闲物呀！

但是花瓶们，且慢趾高气扬，你就是一只被诗人济慈所歌颂过的古希腊名贵的花瓶，说不定有一天，要被这些欣赏而鼓舞着你们的男人们，嫌你们中看不中吃，砰的一声把你们摔得粉碎呢！

所以这个花瓶的命运，究竟太悲惨，你们要想自救，只有自己决心把这花瓶的时代毁灭，苦苦修行，再入轮回，得个人身，才有办法。而这种苦修全靠自我的觉醒，不能再妄想从男人们那里求乞恩惠，如果男人们的心胸，能如你们所想象的，伟大无私，那么，这世界上的一切幻想，都将成为事实了！而且男人们的故意宽大，正足使你们毁灭，不要再装腔作势，搔首弄姿地在男人面前自命不凡吧？花瓶的时代，正是暴露人类的羞辱与愚蠢呵！

烈士夫人

　　异国的生涯，使我时时感到陌生和漂泊。自从迁到市外以来，陈样和我们隔得太远，就连这唯一的朋友也很难有见面的机会。我同建只好终日幽囚在几张席子的日本式的房屋里读书写文章——当然这也是我们的本分生活，一向所企求的，还有什么不满足；不过人总是群居的动物，不能长久过这种单调的生活而不感到不满意。

　　在一天早饭后，我们正在那临着草原的窗子前站着——这一带的风景本不坏，远远有滴翠的群峰，稍近有万株矗立的松柯，草原上虽仅仅长些蓼荻同野菊，但色彩也极鲜明，不过天天看，也感不到什么趣味。我们正发出无聊的叹息时，忽见，从松林后面转出一位中年以上的女人。她穿着黑色白花纹的和服，拖着木屐往我们的住所的方向走来，渐渐近了，我们认出正是那位嫁给中国人的柯太太。唉！这真仿佛是那稀有而陡然发现的空谷足音，使我们惊喜了，我同建含笑的向她点头。

来到我们屋门口，她脱了木屐上来了，我们请她在矮几旁的垫子上坐下，她温和地说：

"怎么，你们住得惯吗？"

"还算好，只是太寂寞些。"我有些怅然地说。

"真的，"建接着说，"这四周都是日本人，我们和他们言语不通，很难发生什么关系。"

柯太太似乎很了解我们的苦闷，在她沉思以后，便替我们出了以下的一条计策。她说："我方才想起在这后面西边房里住着一位老太婆，她从前曾嫁给一个四川人，她对于中国人非常好，并且她会煮中国菜，也懂得几句中国话。她原是在一个中国人家里帮忙，现在她因身体不好，暂且在这里休息。我可以去找她来，替你们介绍，以后有事情尽可请她帮忙。"

"那真好极了，就是又要麻烦柯太太了！"我说。

"哦，那没有什么，黄样太客气了，"柯太太一面谦逊着，一面站起来，穿了她的木屐，绕过我们的小院子，往后面那所屋里去。我同建很高兴地把坐垫放好，我又到厨房打开瓦斯管，烧上一壶开水。一切都安排好了，恰好柯太太领着那位老太婆进来——她是一个古铜色面孔而满嘴装着金牙的硕胖的老女人，在外表上自然引不起任何人的美感，不过当她慈祥同情的眼神射在我们身上时，便不知不觉想同她亲近起来。我们请她坐下，她非常谦恭地伏在席上向我们问候。我们虽不能直接了解她的言辞，但那种态度已够使我们清楚她的和蔼与厚意了。我们请柯太太当翻译随意地谈着。

在这一次的会见之后，我们的厨房里和院子中便时常看见她那硕大而和蔼的身影。当然，我对于煮饭洗衣服是特别的生手，所以饭锅里发出焦臭的气味，和不曾拧干的衣服从晒竿上往下流水等一类的事情是常有的；每当这种时候，全亏了那位老太婆来解围。

那一天上午因为忙着读一本新买来的日语文法，煮饭的时候完全"心不在焉"，直到焦臭的气味一阵阵冲到鼻管时，我才连忙放下书，然而一锅的白米饭，除了表面还有几颗淡黄色的米粒可以辨认，其余的简直成了焦炭。我正在不知所措的时候，那位老太婆也为着这种浓重的焦臭气味赶了来。她不说什么，立刻先把瓦斯管关闭，然后把饭锅里的饭完全倾在铅筒里，把锅拿到井边刷洗干净；这才重新放上米，小心地烧起来。直到我们开始吃的时候，她才含笑地走了。

我们在异国陌生的环境里，居然遇到这样热肠无私的好人，使我们忘记了国籍，以及一切的不和谐，常想同她亲近。她的住室只和我们隔着一个小院子。当我们来到小院子里汲水时，便能看见她站在后窗前向我们微笑；有时她也来帮我，拾那笨重的铅筒，有时闲了，她便请我们到她房里去坐，于是她从橱里拿出各式各种的糖食来请我们吃，并教我们那些糖食的名词；我们也教她些中国话。就在这种情形之下，大家渐渐也能各抒所怀了。

在一个星期六的下午，建同我都不到学校去。天气有些阴，阵阵初秋的凉风吹动院子里的小松树，发出簌簌的响声。我们觉得有些烦闷，但又不想出去，我便提议到附近点心铺里买些食品，请那位老太婆来吃茶；既可解闷，又应酬了她。建也赞成这个提议。

不久我们三个人已团团围坐在地席上的一张小矮几旁，喝着中国的香片茶。谈话的时候，我们便问到她的身体——我们自从和她相识以来，虽然已经一个多月了，而我们还不知道她的姓名，平常只以"オバサン"（伯母之意）相称。当这个问题发出以后，她宁静的心不知不觉受了撩拨，在她充满青春余晖的眸子中宣示了她一向深藏的秘密。

"我姓斋滕，名叫半子，"她这样的告诉我们以后，忽然由地席上站了起来，一面向我鞠躬道，"请二位稍等一等，我去取些东西给你们看。"她匆匆地去了。建同我都不约而同地感到一种新奇的期待，我们互相沉默的猜想着等候她。约莫过了十分钟她回来了，手里拿着一个淡灰色绵绸的小包，放在我们的小茶几上。于是我们重新围着矮几坐下，她珍重地将那绵绸包袱打开，只见里面有许多张的照片，她先拣了一张四寸半身的照相递给我们看，一面叹息着道："这是我二十三年前的小照，光阴比流水还快，唉，现在已这般老了。你们看我那时是多么有生机？实在的，我那时有着青春的娇媚——虽然现在是老了！"我听了她的话，心里也不免充满无限的惆怅，默然地看着她青春时的小照。我仿佛看见可怕的流光的锤子，在捣毁一切青春的艺术。现在的她和从前的她简直相差太远了，除了脸的轮廓还依稀葆有旧时的样子，其余的一切都已经被流光伤害了。那照片中的她，是一个细弱的身材，明媚的目睛，温柔的表情，的确可以使一般青年沉醉的，我正在呆呆地痴想时，她又另递给我一张两人的合影；除了年轻的她以外，身旁边还站着一个英姿焕发的中国青年。

　　"这位是谁?"建很直接地问她。

　　"哦，那位吗？就是我已死去的丈夫呵！"她答着话时，两颊上露出可怕的惨白色，同时她的眼圈红着。我同建不敢多向她看，连忙想用别的话混过去，但是她握着我的手，悲切地说道："唉，他是你们贵国一个可钦佩的好青年呢，他抱着绝大的志愿，最后他是作了黄花岗七十二个烈士中的一个——他死的时候仅仅二十四岁呢，也正是我们同居后的第三年……"

老太婆说到这些事上，似乎受不住悲伤回忆的压迫，她低下头抚着那些相片，同时又在那些相片堆里找出一张六寸的照相递给我们看道："你看这个小孩怎样?"我拿过照片一看，只见是个十五六岁的男孩，穿着学生装，含笑地站在那里，一双英敏的眼眸很和那位烈士相像，因此我一点不迟疑地说道："这就是你们的少爷吗?"她点头微笑道："是的，他很有他父亲的气概咧。"

"他现在多大了，在什么地方住，怎么我们不曾见过呢?"

"唉!"她叹了一口气道，"他今年二十一岁了，已经进了大学，但是，"说到这里，她的眼皮垂下来了，鼻端不住地掀动，似乎正在那里咽她的辛酸泪液；这使我觉得窘迫了，连忙装作拿开水对茶，走出去了！建也明白我的用意，站起来到外面屋子里去拿点心；过了些时，我们才重新坐下，请她喝茶，吃糖果，她向我们叹口气道："我相信你们是很同情我的，所以我情愿将我的历史告诉你们。"

"我家里的环境，一向都不很宽裕，所以在我十八岁的时候，我便到东京来找点职业做。后来遇到一个朋友，他介绍我在一个中国人的家里当使女，每月有十五块钱的工资，同时吃饭住房子都不成问题。这是对于我很合宜的，所以就答应下来。及至到了那里，才知道那是两个中国学生合组的贷家，他们没有家眷，每天到大学里去听讲，下午才回来。事情很简单，这更使我觉得满意，于是就这样答应下来。我从此每天为他们收拾房间，煮饭洗衣服，此外有的是空闲的时间，我便自己把从前在高等学校所读过的书温习温习，有时也看些杂志，遇到不明白的地方，常去请求那两位中国学生替我解释。他们对于我的勤勉，似乎都很为感动，在星期日没有什么事情的时候，便和我谈论日本的妇女问题，等等。这两个青年中有一位姓余的，他是四川人，对我更觉亲切。渐渐的我们两人中间就发生了恋爱，不久便在东京私自结了婚。我们自从结婚后，的确过着很甜蜜的生活；所使我们觉得美中不满足的，就是我的家族不承认这个婚姻，因此我们只能过着秘密的结婚生活。两年后我便怀了孕，而余君便在那一年的暑假回国。回国以后，正碰到中国革命党预备起事的时期，他为了爱祖国，不顾一切地加入工作，所以暑假后他就不曾回日本来。过了半年多，便接到黄花岗七十二烈士遭难的消息，而他的噩耗也同时传了来。唉！可怜我的小孩，也就在他死的那一个月中诞生了。唉！这个可怜的一生下来就没有父亲的小孩，叫我怎样安排？而且我的家族既不承认我和余君的婚姻，那么这个小孩简直就算是个私生子，绝不容我把他养在身边。我没有办法，恰好我的妹子和妹夫来看我，见了这种为难，就把孩子带回去作为她的孩子了。从此以后，我的孩子便姓了我妹夫的姓，与我断绝母子关系；而我呢，仍在外面帮人家作事，不知不觉已过了二十多年……"

"呵，原来她还是烈士夫人呢！"建悄悄地对我说。

"可不是吗？……但她的境遇也就够可怜了。"我说。

建和我都不免为她叹息，她似乎很感激我们对她的同情，紧紧握着我的手，好久才说道："你们真好呵！"一面含笑将绸包收起告辞走了。

过了两个月，天气渐渐冷了，每天自己作饭洗碗够使人麻烦的，我便和建商议请那位烈士夫人帮帮我们。但我们很穷，只能每月出一半的价钱，不知道她肯不肯就近帮帮忙，因此我便去找柯太太请她代我们接洽。

那时柯太太正坐在回廊晒太阳，见我们来了，便让我们也坐在那里谈话，于是我便把来意告诉她。柯太太笑了笑道："这正太不巧……不然的话那个老太婆为人极忠厚，绝不会不帮你们的。不过现在她正预备嫁人，恐怕没有工夫吧！"

"呀，嫁人吗？"我不禁陡然地惊叫起来道，"这真是想不到的事，她现在将近五十岁的人，怎么忽然间又思起凡来呢？"

柯太太听了这话也不禁笑了起来，但同时又叹了一口气道："自然，她也有她的苦痛，照我看来，以为她既已守了二十多年寡，断不至再嫁了。不过，她从前的结婚始终是不曾公布的，她娘家父母仍认为她没有结婚，并且余先生家里她势不能回去。而她的年纪渐渐老上来，孤孤单单一个无依无靠的人，将来死了都找不到归宿，所以她现在决定嫁了。"

"嫁给什么人？"建问。

"一个日本老商人，今年有五十岁吧！"

"倒也是个办法！"建含笑地说。

他这句话不知为什么惹得我们全笑起来。我们谈到这里，便告辞回去。在路上恰好遇见那位烈士夫人，据说她本月就要结婚，但她脸上依然憔悴颓败，看不出将要结婚的喜悦来。

真的，人们都传说，"她是为了找死所而结婚呢！"呵！妇女们原来还有这种特别的苦痛！……

今后妇女的出路

　　时代的轮子不停息地在转动，易卜生早已把妇女的出路指示了我们。当然娜拉的出走，是不容更有所迟疑的。不过在事实上，娜拉究竟是太少数，而大多数的妇女呢，仍然做着傀儡家庭中的主角。而且有一些懒散惯的妇女，她们拿拥护母权作挡箭牌，暗地里过着寄生的享乐生活。另有一部分人呢，因为脑子里仍存着封建时代的余毒，认定"男治外女治内"的荒谬议论。含辛茹苦做一个无个性的柔顺贤妻，操持家务的良母。同时许多男性中心的教育家，唯恐妇女有了本事，不利于男人们，便极力地反对妇女到社会上去。什么妇女的智力体力赶不上男人啰，又是贤妻良母是妇女唯一的天职啰，拿这些片面之词的帽子压到妇女头上，使她们不得不回到家里去。

其结果呢，一失掉了独立的人格，二失掉了社会的地位，三埋没了个性，真是为害不浅呢！不信，听我细细说来：

一、失掉了独立的人格的妇女回到家里去，她们的世界除了家庭还是家庭，她们所应付的，也仅仅是家庭里的几个人，她们的能力，也仅仅懂得一些琐碎杂务的操持，一旦叫她们离开家庭到社会上来，对于一切都感到陌生，无法应付，结果只好躲在男人背后，受尽他们的支配，任他们去宰割，爱之当宝贝，恶之弃若敝屣，而妇女呢，还得继续受下去。因为她们已失掉了独立的人格。这种结果，便造成畸形的病态的社会了。

二、失掉了社会的地位。不论男女，天经地义地应取得社会地位。人类对于社会负有义务，当然也应享有权利。而妇女们对于社会似乎不负责任，当然社会的一切权利，设施，也只以男子为对象。但是妇女为什么对社会不负责任？为什么不想享受社会上的权利？不怪别的，只怪她们错误了。她们把自己锁在家里，使男子得有垄断社会事业的机会，使男子的势力膨胀到压得妇女不能喘气，唉，这是多么悲惨的现象呢！

三、埋没了个性。妇女的天性，果然有些和男子不同，但不同，也要看环境的，如果男女的环境完全一样，其不同之点，与其说是心理上的，不如说是生理上的更多些。而生理上的不同，也可以加以人力，而使之能力方面无所差别。比如说乡间的妇女，她们能锄地、挑柴。男人呢，也能做裁缝、理发等细腻工作。如此看来，人类只有个性的差异，而无男女间的轩轾，所以妇女们虽有喜欢在家庭操持家务、抚育儿女的，但也有许多人是喜欢作科学家、政治家、教育家、工程师、医生种种的事业，而既往的妇女，也为了回到家里去，埋没了个性，牛马般地做着不愿意做的工作。这不但是妇女的损失，也是国家的损失，甚至还是人类的损失呢！

就以上三点看来，主张妇女回到家里去的论调，当然算不得正确。不过在家庭制度还存在的今日，我们也不能说所有的妇女都到社会上去，置家事于不顾。那么如之何而后可呢？我以为家庭是男女共同组织成的，对于家庭的经济，固然应当男女分担；对于家庭的事务，也应当男女共负。除了妇女在生育期中，大家都当就其所长服务社会，求得各人经济之独立。男女间只有互助的、共同的生活，而没有倚赖的生活。

至于对于家务的料理，子女的教养，职业妇女似乎有不能兼顾之弊，但我们不能因噎废食，并且也不是绝对没有补救的方法，如果我们能找到一个性近于家事，而妥当的保姆，替我们整理家务，保育子女，在她们也是一种职业，不害她们的人格独立，经济独立，个性发展，种种方面，这所谓之两不相害而且相成。

所以我对于今后妇女的出路，就是打破家庭的藩篱到社会上去，逃出傀儡家庭，去过人类应过的生活，不仅仅做个女人，还要做人，这就是我唯一的口号了。

男人和女人

　　一个男人，正阴谋着要去会他的情人，于是满脸柔情地走到太太的面前，坐在太太所坐的沙发椅背上，开始他的忏悔："琼，在这个世界上只有你能谅解我——第一你知道我是一个天才，琼多幸福呀，做了天才者的妻！"这不是你时常对我的赞扬吗？

　　太太受催眠了，在她那感情多于意志的情怀中，漾起爱情至高的浪涛，男人已握住这个机会，接着说道："天才的丈夫，虽然可爱，但有时也很讨厌，因为他不平凡，所以平凡的家庭生活，绝不能充实他深奥的心灵，因此必须另有几个情人，但是琼你要放心，我是一天都离不得你的，我也永不会同你离婚，总之你是我的永远的太太，你明白吗？我只为要完成伟大的作品，我不能不恋爱，这一点你一定能谅解我，放心我的，将来我有所成就，都是你的赐予，琼，你多伟大呀！尤其是在我的生命中。"

太太简直为这技巧的情感所屈服了，含笑地送他出门——送他去同情人幽会，她站在门口，看着那天才的丈夫，神采奕奕地走向前去，她觉得伟大，骄傲，幸福，真是哪世修来这样一个天才的丈夫！

太太回到房里，独自坐着，渐渐感觉得自己的周围，空虚冷寂，再一想到天才的丈夫，现在正抱在另一个女人的怀里："这简直是侮辱，不对，这样子妥协下去，总是不对的。"太太陡然如是觉悟了，于是"娜拉"那个新典型的女人，逼真地出现在她心头："娜拉的见解不错，抛弃这傀儡家庭，另找出路是真理！"太太疾步跑上楼，从床底下拖出一只小提箱来，把一些换洗的衣服装进去，正在这个时候，门砰的一声响，那个天才的丈夫回来了，看见太太的气色不大对，连忙跑过来搂着太太认罪道："琼！恕我，为了我们两个天真的孩子你恕我吧！"

太太看了这天才的丈夫，柔驯得像一只绵羊，什么心肠都软了，于是自解道："娜拉究竟只是易卜生的理想人物呀！"跟着箱子恢复了它原有的地位，一切又都安然了！

男人就这样永远获得成功，女人也就这样万劫不复地沉沦了！

何处是归程

在纷歧的人生路上，沙侣也是一个怯生的旅行者。她现在虽然已是一个妻子和母亲了，但仍不时地徘徊歧路，悄问何处是归程。

这一天她预备请一个远方的归客，天色才朦胧，已经辗转不成梦了。她呆呆地望着淡紫色的帐顶——仿佛在那上边展露着紫罗兰的花影。正是四年前的一个春夜吧，微风暗送茉莉的温馨，眉月斜挂松尖把光筛洒在寂静的河堤上。她曾同玲素挽臂并肩，踯躅于嫩绿丛中。不过为了玲素去国，黯然的话别，一切的美景都染上离人眼中的血痕。

第二天的清晨，沙侣拿了一束紫罗兰花，到车站上送玲素。沙侣握着玲素的手说道："素姐，珍重吧……四年后再见，但愿你我都如这含笑的春花，它是希望的象征呵！"那时玲素收了这花，火车已经慢慢地蠕动了——现在整整已经四年。

沙侣正眷怀着往事，不觉环顾自己的四围。忽看见身旁睡着十个月的孩子——绯红的双颊，垂覆着长而黑的睫毛，娇小而圆润的面孔，不由得轻轻在他额上吻了一下。又轻轻坐了起来，披上一件绒布的夹衣，拉开蚊帐，黄金色的日光已由玻璃窗外射了进来。听听楼下已有轻微的脚步声，心想大约是张妈起来了吧。于是走到扶梯口轻轻喊了一声"张妈"，一个麻脸而微胖的妇人拿着一把铅壶上来了。沙侣扣着衣纽欠伸着道："今天十点有客来，屋里和客厅的地板都要拖干净些……回头就去买小菜……阿福起来了吗？……叫他吃了早饭就到码头去接三小姐。另外还有一个客人，是和三小姐同轮船来的……她们九点钟到上海。早点去，不要误了事！"张妈放下铅壶，答应着去了。

沙侣走到梳妆台旁，正打算梳头，忽然看见镜子里自己的容颜老了许多，和墙上所挂的小照，大不同了。她不免暗惊岁月催人，梳子插在头上，怔怔地出起神来。她不住地想道："这是怎么一回事呢？结婚，生子，做母亲……一切平淡地收束了，事业志趣都成了生命史上的陈迹……女人……这原来就是女人的天职。但谁能死心塌地地相信女人是这么简单的动物呢……整理家务，抚养孩子，哦！侍候丈夫，这些琐碎的事情真够消磨人了。社会事业——由于个人的意志所发生的活动，只好不提吧……唉，真惭愧对今天远道的归客！——一别四年的玲素呵！她现在学成归国，正好施展她平生的抱负。她仿佛是光芒闪烁的北辰，可以为黑暗沉沉的夜景放一线的光明，为一切迷路者指引前程。哦，这是怎样的伟大和有意义！唉，我真太怯弱，为什么要结婚？妹妹一向抱独身主义，她的见识要比我高超呢！现在只有看人家奋飞，我已是时代的落伍者。十余年来所求知识，现在只好分付波臣，把一切都深埋海底吧。希望的花，随流光而枯萎，永远成为我灵宫里的一个残影呵……"沙侣无论如何排解不开这骚愁的秘结，禁不住悄悄地拭泪。忽听见前屋丈夫的咳嗽声，知道他已醒了，赶忙喊张妈端正面汤，预备点心，自己又跑过去替他拿替换的裤褂。一面又吩咐车夫吃早饭，把车子拉出去预备着。乱了一阵子，才想去洗脸，床上的小乖乖又醒了，连忙放下面巾，抱起小乖，喂奶，换尿布，壁上的钟已当当地敲了九下。客人就要来了，一切都还不曾预备好，沙侣顾不得了，如走马灯似的忙着。

沙侣走到院子里，采了几枝紫色的丁香插在白瓷瓶里，放在客厅的圆桌上。怅然坐在靠窗的沙发上，静静地等候玲素和她的三妹妹。在这沉寂而温馨的空气里，沙侣复重温她的旧梦，眼睫上不知何时又沾濡上泪液，仿佛晨露浸秋草。

　　不久门上的电铃，琅琅地响了。张妈"呀"的一声开了大门。一个年轻漂亮的女子，手里提了一个小皮包，含笑走了进来。沙侣忙上前握住她的手，似喜似怅地说道："你们回来了。玲素呢……""来了！沙侣！你好吗？想不到在这里看见你，听说你已经做了母亲，快让我看看我们的外甥……"沙侣默默地痴立着。玲素仿佛明白她的隐衷，因握着沙侣的手，恳切地说仿佛明白她的隐衷，因握着沙侣的手，恳切地说道："歧路百出的人生长途上，你总算找到归宿，不必想那些不如意的事吧！"沙侣蒸郁的热泪，不能勉强地咽下去了。她哽咽着叹道："玲姐，你何必拿这种不由衷的话安慰我，归宿——我真是不敢深想，譬如坑洼里的水，它永远不动，那也算是有了归宿，但是太无聊而浅薄了。如果我但求如此的归宿——如此的归宿便是人生的真义，那么世界还有什么缺陷？"

　　"这是为什么？姐姐。你难道有什么不如意的事吗？"沙侣摇头叹道："妹妹，我哪敢妄求如意，世界上也有如意的事吗？只求事实与思想不过分的冲突，已经是万分的幸运了！"沙侣凄楚而深痛的语调，使得大家惘然了。三妹妹似不耐此种死一般的冷寂，站了起来，凭着窗子看院子里的蜜蜂，钻进花心采蜜。玲素依然紧握沙侣的手，安慰她道："沙侣，不要太拘泥吧，有什么难受的呢？世界上所谓的真理，原不是绝对的。什么伟大和不朽，究竟太片面了，何尝能解决整个的人生？——人生原来不是这样简单的，谁能够面面顾到……如果天地是一个完整的，那么女娲氏倒不必炼石补天了，你也太想不开。"

"玲姐的话真不错，人生就仿佛是不知归程的旅行者，走到哪里算到哪里，只要是已经努力地走了，一切都可以卸责了……姐姐总喜欢钻牛角尖，越钻越仄……我不怕你笑话，我独身主义的主张，近来有些摇动了……因为我已觉悟，固执是人生滋苦之因，不必拿别人说，只看我们的姑姑吧。"

"姑姑近来怎么样？前些日子听说她患失眠很厉害，最近不知好了没有？三妹妹，你从故乡来，也听到她的消息吗？"

"姐姐！你自然很仰慕姑姑的努力啰……人们有的说像她这样才算伟大，但是不幸同时也有人冷笑说她无聊，出风头，姑姑恨起来常常咬着嘴唇道：'龃龉的人类，永远是残酷的呵！'但有谁理会她，隔膜仿佛铁壁铜墙般矗立在人与人的中间。"

玲素听见三妹妹慨然地说着，也不觉有些心烦意乱，但仍勉强保持她深沉的态度，淡淡地说道："我想世上既没有兼全的事，那么随遇而安自多乐趣，又何必矫俗于名？"

　　沙侣摇头道："玲姐！我相信你更比我明白一切，因此我知道你的话还是为安慰我而发的……究竟你也是替我咽着眼泪，何妨大家痛快些哭一场呢……我老实地告诉你吧，女孩子们的心，完全迷惑于理想的花园里。——玫瑰是爱情的象征，月光的洁幕下，恋人并肩地坐在花丛里，一切都超越人间，把两个灵魂搅和成一个，世界尽管和死般的沉寂，而他和她是息息相通的，是谐和的。唉，这种的诱惑力之下，谁能相信骨子里的真相呢……简直完全不是这么一回事。——结婚的结果是把他和她从天上摔到人间，他们是为了家务的管理和欲性的发泄而娶妻。更痛快点说吧，许多女子也是为了吃饭享福而嫁丈夫。——但是做着理想的花园的梦的女子，跑到这种的环境之下……玲姐，这难道不是悲剧吗？……前天芷芬来，她曾问我说：'你现在怎么样？看着杂乱如麻的国事，竟没有一些努力的意思吗？'玲姐，你知道芷芬这话，使我如何的受刺激！但是罪过，我当时竟说出些欺人自欺的话。——'我现在一切都不想了，抚养大了这个小孩子也就算了。高兴时写点东西，念点书，消遣消遣。我本是个小人物，且早已看淡了一切的虚荣。'……芷芬听罢，极不高兴，她用失望的眼光看着我道：'你能安于此也好，不过我也有我的思想……将军上马，各自奔前程吧！'她大概看我是个不堪造就的废物，连坐也不坐便走了。当时我觉得很抱歉，并且再扪扪心，我何尝真是没有责任心……呵，玲姐，怯弱的我只有悔恨我为什么要结婚呢？"沙侣说得十分伤心，不住地用罗巾拭泪。

但是三妹妹总不信，不结婚便可以成全一切，她回过头来看着沙侣和玲素说："让我们再谈谈不结婚的姑姑罢。"

"玲姐和姐姐，你们脑子里都应有姑姑的印象吧？美丽如春花般的面孔，玲珑而窈窕的身材，正仿佛这漂亮而馥郁的丁香花。可是只有这时候，是丁香的青春期，香色均臻浓艳；不过催人的岁月，和不肯为人驻足的春之女神，转眼走了，一切便都改观。如果到了鹃啼嫣红，莺恋残枝，已是春事阑珊，只落得眷念既往的青春，那又是如何地可悲，如何地冷落……姑姑近来憔悴得多了，据我的观察，她或者正悔不曾及时地结婚呢！"

沙侣虽听了这话，但不敢深信，微笑道："三妹妹，你不要太把姑姑看弱了。"

三妹妹辩道："你听我讲她一段故事吧。"

"今年中秋月夜，我和她同在古山住着，这夜恰是满山的好月色，瀑布和涧流都闪烁着银色的光。晚饭后，我们沿着石路土阶，慢慢奔北山峰，那里如疏星般列着几块光滑的岩石，我们拣了一块三角形的，并肩坐下。忽从微风里悄送来阵阵的暗香，我们借着月色的皎朗，看见岩石上攀着不少的藤蔓，也有如珊瑚色的圆球，认不出是什么东西。在我们的脚下，凹下去的地方有一道山涧，正潺潺湲湲地流动。我们彼此无言地对坐着，不久忽听见悠扬的歌声正从对山的礼拜堂里发出来。姑姑很兴奋地站起来说：'美妙极了，此时此地，倘若说就在这时候死了，岂不……真的到了那天，或者有许多人要叹道：可惜，可惜她死得太早了，如果不死，前途成就正未可量呢……'我听了这话仿佛得了一种暗示，窥见姑姑心头隆起红肿的伤痕。我因问道：'姑姑，你为什么说这种短气的话，你的前途正远，大家都希望你把成功的消息报告他们呢。……'姑姑抚着我的肩叹道：'三妹，你知道正是为了希望我的人多，我要早死了。只有死才能得到最大的同情……想起两年前在北京为妇女运动奔走，如果只增加我一些惭愧，有些人竟赠了我一个准政客的刻薄名词。后来因为运动宪法修改委员，给我们相当的援助，更不知受了多少嘲笑。末了到底被人造了许多谣言，什么和某人订婚了，最残忍的竟有人说我要给某人做姨太太，并且不止侮辱我一个。他们在酒酣耳热的时候，从他们喷唾沫的口角上，往往流露出轻薄的微笑，跟着，他们必定要求一个结论道："这些女子都是拿着妇女运动作招牌，借题出风头。"……你想我怎么受……偏偏我们的同志又不争气，文兰和美真又闹起三角恋爱，一天到晚闹笑话，我不免愤恨终至于灰心。不久政局又发生了大变，国会解散……我们妇女同盟会也就冰消瓦解。在北京住着真觉无聊，更加着不知趣的某次长整天和我夹缠，使我决心离开北京……还以为回来以后，再想法团结同志以图再举，谁知道这里的环境更是不堪？唉……我的前途茫茫，成败不可必，倘若事业终无希望……倒不如早些做个结束……'"

"姑姑黯然地站在月光之下，也许是悄悄地垂泪，但我不忍对她逼视。当我在回来的路上，姑姑又对我说：'真的，我现在感到各方面都太孤零了。'玲姐，姑姑言外之意便可知了。"沙侣静听着，最后微笑道："那么还是结婚好！"

玲素并不理会她的话，只悄悄地打算盘，怎么办？结婚也不好，不结婚也不好，歧路纷出，到底何处是归程呵？她不觉深深地叹道："好复杂的人生！"沙侣和三妹妹沉默了，大家各自想着心事。四围如死般的寂静，只有树梢头的黄鹂，正宛转着，巧弄她的珠喉呢。

给我的
小鸟儿们

愿今夜你们的美羽，飞入我的梦魂！

寄天涯一孤鸿

亲爱的朋友：

这是什么消息，正是你从云山叠翠的天边带来的！我绝不能顷刻忘记，也绝不能刹那不为此消息思维。我想到你所说的"从今后我真成了天涯一孤鸿了"，这一句话日夜在我心魂中回旋荡漾。我不时地想，倘若一只孤鸿，停驻在天水交接的云中，四顾苍茫，无枝可栖，其凄凉当如何？你现在既是变成天涯一孤鸿，我怎堪为你虚拟其凄凉之境，我也不愿你真个是那样的冷漠凄凉。但你带来的一纸消息，又明明是："……一切的世界都变了，我处身其中，正是活骸转动于冷酷的幽谷里，但是我总想着一年之中，你要听到我归真的信息……"唉，朋友！久已心灰意懒的海滨故人，不免为此而怦怦心动，正是积思成痴了。我昨夜因赴友人之召，回来已经十时后，我归途中穿过一带茂密的树林，从林隙中闪烁着淡而无力的上弦月，我不免又想起你了。回来后，我懒懒坐在灯光下，桌上放着一部宋人词钞，我随手翻了几页，本想于此中找些安慰，或能把想你的念头忘却；但是不幸，我一翻便翻出你给我的一封信来，我想搁起它，然而不能，我始终又从头把它读了。这信是你前一个月寄给我的，大约你已忘了这其中的话。我本不想重复提这些颓丧的话，以惹你的伤心，但是其中有一个使命，是你叫我为你作一篇记述的，原文是："……我友，汝尚念及可怜陷入此种心情的朋友吗？你有兴，我愿你用诚恳的笔墨为伤心人一吐积悃……"朋友！这个使命如何的重大？你所希望我的其实也是我所愿意做的。但是朋友，你将叫我怎样写法？唉！我终是踟躇，我曾三番五次，握管沉思，竟至整日无语，而只字不曾落纸。我与你交虽莫逆，但是你的心究竟不是我的心，你的悲伤我虽然知道，但是我所知道的，我不敢臆断你伤感的程度，是否正应我所直觉到的一样。我每次作稿，描写某人的悲哀或烦恼，我只是欺人自欺，说某人怎样的痛哭，无论说得怎样像，但是被我描写的某人，是否和我所想象的伤心程度一样，谁又敢断定呢？然而那些人只是我借他们来为我象征之用，是否写得恰合其当，都无伤于事；而你是我最好的朋友，我对于你的嘱托，怎好不忠于其事。因此我再三踌躇，不能轻易落笔，便到如今我也不敢为你作记述。我只能把我所料想你的心情，和你平日的举动，使我直觉到你的特性，随便写些寄给你。你看了之后，你若因之而浮白称快，我的大功便成了五分。你若读了之后，竟为之流泪，而至于痛哭，我的大功便成了九分九。这种办法，谅你也必赞成？

我记得我认识你的时候，正是我将要离开学校的头一年春天。你与我同学虽不止一年，可是我对于新来的同学，本来多半只知其名，不识其面，有的识其面又不知其名，我对于你也是如此。我虽然知道新同学中有一个你，而我并不知道，我所看见很活泼的你，便是常在报纸上作缠绵悱恻的诗的你。直到那一年春天，我和同级的莹如在中央公园里，柏树荫下闲谈，恰巧你和你的朋友从荷池旁来，我们只以彼此面熟的缘故，点头招呼。我们也不曾留你坐下谈谈，你也不曾和我说什么，不过那时我觉得你很好，便想认识你，我便问莹如你叫什么名字，她告诉我之后，才狂喜地叫起来道："原来就是她呵，不像！不像！"莹如对于我无头无脑的话，很觉得诧异，她说："什么不像不像呵？"我被她一问，自己也不觉笑起来，我说："你不知道我的心里的想头，怪不得你不懂我的意思了。你常看见报上PM的诗吗？你就那个诗的本身研究，你应当觉到那诗的作者心情的沉郁了，但是对她的外表看起来，不是很活泼的吗？我所以说不像就是这个缘故了。"莹如听了我的解释，也禁不住点头道："果然有点不像，我想她至少也是怪人了！"朋友！自从那日起，我算认识你了，并且心中常有你的影像，每当无事的时候，便想把你的人格分析分析，终以我们不同级，聚会的时间很少，隔靴搔痒式的分析，总觉无结果，我的心情也渐渐懒了。

过了两年，我在某中学教书。那中学是个男校，教职员全是男人。我第一天到学校里，觉得很不自然，坐在预备室里很觉得无聊，正在神思飞越的时候，忽听预备室的门"呀"的一响，我抬头一看，正是你拿着一把藕荷色的绸伞进来了。我这时异常兴奋，连忙握着你的手道："你也来了，好极！好极！你是不是担任女生的体操？"你也顾不得回答我的话，只管嘻嘻地笑——这情景谅你尚能仿佛？亲爱的朋友！我这时心里的欢乐，直是难以形容，不但此后有了合作的伴侣，免得孤孤单单一个人坐在女教员预备室里，而且与你朝夕相爱，得以分析你的特性，酬了我的心愿。

想你还记得那女教员预备室的样子，那屋子是正方形的，四壁新裱的白粉连纸，映着阳光，都十分明亮。不过屋里的陈设，异常简陋，除了一张白木的桌子和两三张白木椅子外，还有一个书架，以外便什么都没有了。当时我们看了这干燥的预备室，都感到一种怅惘情绪。过了几天，我们便替这个预备室起了一个名字，叫作白屋。每逢下课后，我们便在白屋里雄谈阔论起来。不过无论怎样，彼此总是常常感到苦闷，所以后来我们竟弄得默然无言。我喜欢诗词，你也爱读诗词，便每人各手一卷，在课后浏览以消此无谓的时间。我那时因为这预备室里很干燥，一下了课便想回到家里去，但是当我享到家庭融洽乐趣的时候，免不得想到栖身学校寄宿舍中，举目无与言笑的你，便决意去访你，看你如何消遣。我因雇车到了你所住的地方，只见两扇欲倒未倒的剥漆黑灰不分明的大柴门，墙头的瓦七零八落地叠着，门楼上满长着狗尾巴草，迎风摇摆，似乎代表主人招待我。下车后，我微用力将柴门推了一下，便"呀"地开了。一个老看门人恰巧从里面出来，我便问他你住的屋子，他说："这外头院全是男教员的住舍，往东去另有一小门，又是一个院子，便是女教员住的地方了。"我因按他话往东去，进了小门，便看见一个院落，院子中间有一座破亭子，亭子的四围放着些破木头的假枪戟，上头还有红色的缨子，过了破亭有一株合抱的大槐树，在枝叶交覆的阴影下，有三间小小的瓦房，靠左边一间，窗上挂着淡绿色的纱幔，益衬得四境沉寂。我走到窗下，低声叫你时，心潮突起，我想着这种冷静的所在，何异校中白屋。以你青年活泼的少女，整日住在这种的环境里，何异老僧踞石崖而参禅，长此以往，宁不销铄了生趣。我一走进屋子里，看见你突然说道："你原来住在破庙里！"你微笑着答道："不错！我是住在破庙里，你觉得怎样？"我被你这一问，竟不知所答，只是怔怔地四面观望。只见在小小的门斗上有一张绯红色纸，写着梅窟两字。这时候我仿佛有所发现，我知道素日对你所想象的，至少错了一半，从此我对你的性格分析，更觉兴味浓厚了。

光阴过得很快，不觉开学两个多月了，天气已经秋凉。在那晓露未干的公园草地上，我们静静地卧着。你对我说："我愿就这样过一世，我的灵魂便可常常与浩然之气，结伴邀游。"我听了你的话，勾起我好作玄思的心，便觉得身飘飘凌云而直上，顷刻间来到四无人迹的仙岛里，枕藉芳草以为茵褥，餐美果，饮花露，绝不染丝毫烟火气。那时你心里所想的什么，我虽无从知道，但看你那优然游然的样子，我感到你已神游天国了。

我和你相处将及一年，几次同游，几次深谈，我总相信你是超然物外的人。我记得冬天里我们彼此坐在白屋里向火的时候，你曾对我说，你总觉得我是个怪人，你说：

"我不曾和你同事的时候，我常常对婉如说，你是放荡不羁的天马。但是现在我觉得你志趣消沉、束缚维深……"我当时听了你的话，我曾感到刺心酸楚，因为我那时正困顿情海里拔脱不能的时候，听你说起我从前悲歌慷慨的心情，现在何以如此萎靡呢？

但是朋友！你所怀疑于我的，也正是我所怀疑于你；不过我觉得你只是被矛盾的心理争战而烦闷，我却不曾疑心你有什么更深的苦楚。直到我将要离开北京的那一天，你曾到车站送我，你对我说："朋友！从此好好地游戏人间吧！"我知道你又在打趣我，我因对你说："一样的大家都是游戏人间，你何必特别嘱咐我呢！"你听了我这话，脸色忽然惨淡起来。哽咽着道："只怕要应了你在《或人的悲哀》里的一句话：我想游戏人间，反被人间游戏了我！"当时我见你这种情形，我才知道我从前的推想又错了。后来我到上海，你写信给我，常常露着悲苦的调子，但我还不能知道你悲苦到什么地步；直到上月我接到你一封信说，你从此变成天涯一孤鸿了，我才想起有一次正是风雨交加的晚上，我在你所住的梅窟坐着，你对我说："隐！世界上冷酷的人太多了，我很佩服你的卓然自持，现在已得到最后的胜利！我真没有你那种胆量和决心，只有自己摧残自己，前途结果现在虽然不能定，但是惨相已露，结果恐不免要演悲剧呢。"我那时知道你蕴藏心底必有不可告人的哀苦，本想向你盘诘，恐怕你不愿对我说，故只对你说了几句宽解的话。不久雨止了，余云尽散，东山捧出淡淡月儿，我们站在廊庑下，沉默着彼此无语，只有互应和着低微之吁气声。

最近我接到你一封信，你说：

隐友！《或人的悲哀》中的恶消息："唯逸已于昨晚死了！"隐友！怎么想得到我便是亚侠了，游戏人间的结果只是如斯！……但是亚侠的悲哀是埋葬在湖心了，我的悲哀只有飘浮在天心了，有母亲在，我须忍受腐蚀的痛苦活着……

我自从接到你这封信，我深悔《或人的悲哀》之作。不幸的唯逸和亚侠，其结果之惨淡，竟深刻在你活跃的心海里。即你的拘执和自傲，何尝不是受我此作的无形影响。我虽然知道纵不读我的作品，在你独特的天性里早已蛰伏着拘执的分子，自傲的色彩，不过若无此作，你自傲和拘执或不至如是之深且刻。唉！亲爱的朋友，你所引为同情的唯逸既已死了，我是回天无术，但我却要恳求你不要作亚侠罢。你本来体质很好，并没有心脏病，也不曾吐血，你何必自己过分地糟蹋呢。我接到你纵性喝酒的消息，十分难受。亲爱的朋友！你对于爱你的某君，既是不能在他生时牺牲无谓的毁誉，而满足他如饥如渴的纯挚情怀，又何必在他死后，做无谓的摧残呢？你说："人事难测，我明年此日或者已经枯腐，亦未可知！……现在我毫无痛苦，一切麻木。仰观明月一轮常自窃笑人类之愚痴可怜。"唉！你的矛盾心理，你自己或不觉得，而我却不能不为你可怜。你果真麻木，又何至于明年化为枯槁？我诚知人到伤心时，往往不可理喻，不过我总希望你明白世界本来不是完全的，人生不如意事也自难免，便是你所认为同调的某君不死，并且很顺当地达到完满的目的；但是胜利以后，又何尝没有苦痛？况且恋感譬如漠漠平林上的轻烟微雾，只是不可捉摸的，使恋感下跻于可捉摸的事实，恋感便将与时日而并逝了。亲爱的朋友呀！你虽确是悲剧中之一角，我但愿你以此自傲，不要以此自伤吧！

昨夜星月皎洁，微风拂煦，炎暑匿迹，我同一个朋友徘徊于静安寺路。忽见一所很美丽庄严的外国坟场，那时铁门已阖，我们只在那铁棚隙间向里窥看，只见坟牌莹洁，石墓纯白；墓旁安琪儿有的低头沉默，似为死者之幽灵祝福；有的仰瞩天容，似伴飘忽的魂魄上游天国。我们伫立忘返。忽然坟场内松树之巅，住着一个夜莺，唱起悲凉的曲子。我忽然又想起你来了。

回来之后忽接得文菊的一封信说：

隐友！前接来信，令我探听PM的近状，她现在确是十分凄楚。我每和她谈起FN的死，她必泪沾襟袖呜咽地说："造物戏我太甚！使我杀人，使我陷入于类似自杀之心境！"自然哟！她的悲凉原不是无因。我当年和她在故乡同学的时候，她是聪明、特殊的学生。有一个青年十分羡慕她，曾再三想和她缔交，她也晓得那青年也是个很有志趣的人，渐渐便相熟了。后来她离开故乡，到北京去求学，那青年便和她同去。她以离开温情的父母和家庭，来到四无亲故的燕都，当然更觉寂寞凄凉，FN常常伴她出游。在这种环境下，她和他的交感之深，自与时日俱进了。那时我们总以为有情人终成眷属了；然而人事不可测，不久便听说FN病了，病因很复杂，隐约听说是呕血之症。这种的病，多半因抑郁焦劳而起，我很觉得为PM担忧，因到她住的梅窟去访她。我一进门便看见她黯然无言地坐在案旁，手里拿着一张甫写成的几行信稿。她见我进来，便放下信稿招呼我。正在她倒茶给我喝的时候，我已将那桌上的信稿看了一遍，她写的是："……飞蛾扑火而焚身，春蚕作茧以自缚，此岂无知之虫虱独受其危害，要亦造物罗网，不可逃数耳！即灵如人类，亦何能摆脱？……"隐友，PM的哀苦，已可在这数行信笺中寻绎了解，何况她当时复戚容满面呢。我因问她道："你曾去看FN吗？他病好些吗？"她听我问完，便长叹道："他的病怎能那么容易好呢！瞧着罢！我虽不杀伯仁，伯仁终不免因我而死！"我说："你既知你有左右他的生死权，何忍终置之于死地！"她这时禁不住哭了，她不能回答我所问的话，只从抽屉里拿出一封信给我看，只见上面写道：

"PM！近来我忽觉得我自己的兴趣变了，经过多次的自省，我才晓得我的兴趣所以致变的原因。唉！PM！在这广漠的世界上我只认识了你，也只专程地膜拜你，愿飘零半世的我，能终覆于你爱翼之下！"

"诚然，我也知道，这只是不自然的自己束缚自己。我们为了名分、地位的阻碍，常常压服着自然情况的交感，然而越要冷淡，结果越至于热烈。唉！我实不能反抗我这颗心，而事实又不能不反抗，我只有幽囚在这意境的名园里，做个永久的俘虏罢！"

F韩

隐友！世界上不幸的事何其多！不过因为区区的

名分和地位，卒断送了一个有用的青年！其实其惨淡尚不止此，PM的毁形灭灵，更使人为之不忍，当时我禁不住陪着哭，但是何益！

她现在体质日渐衰弱，终日哭笑无常，有人劝她看佛经，但何处是涅槃？我听说她叫你替她作一篇记述，也好！你有工夫不妨替她写写，使她读了痛痛快快哭一场；久积的郁闷，或可借之一泄！

文菊

亲爱的朋友！当我读完文菊这封信，正是午夜人静的时候，淡月皎光已深深隐于云被之后，悲风呜咽，以助我的叹息。唉，朋友呵！我常自笑人类痴愚，喜作茧自缚，而我之愚更甚于一切人类。每当风清月白之夜，不知欣赏美景，只知握着一管败笔，为世之伤心人写照，竟使洒然之心，满蓄悲楚！故我无作则已，有所作必皆凄苦哀凉之音，岂偌大世界，竟无分寸安乐土，资人欢笑！唉！朋友哟！我不敢责备你毁情绝义以自苦，你为了因你而死的FN，终日以眼泪洗面，我也绝不敢说你想不开。因为被宰割的心绝不是别人所能想到其痛楚；那么更有何人能断定你的哭是不应该的呢。哭罢，吾友！有眼泪的时候痛快发流，莫等欲哭无泪，更要痛苦万倍了。

你叫我替你作记述，无非要将一腔积闷宣泄。文菊叫我作记述，也不过要借我的酒杯为你浇块垒。这都有益于你的，我又焉敢辞。不过我终不敢大胆为你作传，我怕我的预料不对，我若写得不合你的意，必更增你的惆怅，更觉得你是天涯一孤鸿了。但是我若写得合你的意，我又怕你受了无形的催眠——只有这封信给你，我对于你同情和推想，都可于此中寻得。你为之欣慰或伤感，我无从得知，只盼你诚实地告诉我，并望你有出我意料外的彻悟消息告诉我！亲爱的朋友！保重罢！

　　　　　　　　　　　　　　　　　隐自海滨寄

灵海潮汐致梅姊

亲爱的梅姊：

我接到你的来信后，对于你的热诚，十分感激。当时就想抉示我心头的隐衷，详细为你申说。然自从我回到故乡以后，我虽然每天照着明亮的镜子，不曾忘却我自己的形容，不过我确忘记了整个儿我的心的状态。我仿佛是喝多了醇酒，一切都变成模糊。其实这不是什么很奇怪的事，因为你只要知道我的处境，是怎样的情形，和我的心灵怎样被捆扎，那么你便能想象到，纵使你带了十二分活泼的精神来到这里，也要变成阶下的罪囚，一切不能自由了。

我住的地方，正在城里的闹市上。靠东的一条街，那是全城最大的街市，两旁全是店铺，并不看见什么人们的住房。因为这地方的街市狭小，完全赁用人民的住房的门面做店铺，所以你可以想象到这店铺和住家是怎样的毗连。住户们自然有许多不便，他们店铺的伙计和老板，当八点以后闭了店门，便掇三两条板凳，放上一块藤绷子，横七竖八地睡着；倘若你夜里从外头回来的时候，必要从他们挺挺睡着的床边走过，不但是鼾声吓人，而且那一股炭气和汗臭，直熏得人呕吐。尤其是当你从朋友家里宴会回来以后，那一股强烈的刺激，真容易使得人宿酒上涌呢！

我曾记得有一次，我和玉姊同到青年会看电影，那天的片子是《月宫宝盒》，其中极多幽美的风景，使我麻木的感想顿受新鲜的刺激，那轻松的快感仿佛置身另一世界。不久，影片映完，我们自然要回到家里，这时候差不多快十二点了。街上店铺大半全闭了门，电灯也都掩息，只有三数盏路灯，如曙后孤星般在那里淡淡地发着亮，可是月姊已明装窥云，遂使世界如笼于万顷清波之下似的，那一种使人悄然意远的美景，不觉与心幕上适才的印象融而为一……但是不久已到家门口，吓一阵"鼾呼""鼾呼"的鼾声雷动，同时空气中渗着辣臭刺鼻，全身心被重浊的气压困着出不来气，这才体味出人间的意味来。至于庭院里呢？为空间经济起见，并不种蓓蕾的玫瑰和喷芬的夜合，只是污浊破烂的洗衣盆、汲水桶，纵横杂陈。从这不堪寓目的街市，走到不可回旋的天井里，只觉手绊脚牵。至于我住的那如斗般的屋子里，虽勉强地把它美化，然终为四境的嘈杂，和孩子们的哭叫声把一切搅乱了。

这确是沉重的压迫，往往激起我无名的愤怒。我不耐烦再开口和人们敷衍，我只诅咒上帝的不善安置，使我走遍了全个儿的城市，找不到生命的休息处。我又怎能抉示我心头的灵潮，于我亲爱的梅姊之前呢！

不久又到了夏天，赤云千里的天空，可怜我不但心灵受割宰，而且身体更郁蒸，我实在支持不住了，因移到鼓岭来住——这是我们故乡三山之一。鼓岭位于鼓山之巅，仿佛宝塔之尖顶，登峰四望，可以极目千里，看得见福州的城市民房栉比，及汹涛骇浪的碧海，还有隐约于紫雾白云中的岩洞迷离，峰峦重叠。我第一天来到这个所在，不禁满心怅惘，仿佛被猎人久围于暗室中的歧路亡羊，一旦被释重睹天日，欣悦自不待说。然而回想到昔日的颠顿艰辛，不禁热泪沾襟！

然而透明的溪水，照见我灵海的潮汐，使它重新认识我自己。我现在诚意地将这潮汐的印影，郑重地托付云雀，传递给我千里外的梅姊和凡关心我的人们，这是何等的幸运。使我诅咒人生之余，不免自惭，甚至忏悔，原来上帝所给予人们的宇宙，正不是人们熙攘奔波的所在。呵！梅姊，我竟是错了哟！

一　鸡声茅店月

当我从崎岖陡险的山径，攀缘而上以后，自是十分疲倦，更没有余力去饱览山风岚韵；但是和我同来的圃，她却斜披夕阳，笑意沉酣的，来到我的面前说："这里风景真好，我们出去玩玩吧！"我听了这话，不免惹起游兴，早忘了疲倦，因遵着石阶而上，陡见一片平坦的草地，静卧于松影之下。我们一同坐在那柔嫩的碧茵上，觉得凉风拂面，仿佛深秋况味。我们悄悄坐着，谁也不说什么，只是目送云飞，神并霞驰，直到黄昏后，才慢慢地回去。晚饭后，摊开被褥，头才着枕，就沉沉入梦了。这一夜睡得极舒畅。一觉醒来，天才破晓，淡灰色的天衣，还不曾脱却，封岩闭洞的白云，方姗姗移步。天边那一钩残月，容淡光薄，仿佛素女身笼轻绡，悄立于霜晨凌竦中。隔舍几阵鸡声，韵远趣清。推窗四望，微雾轻烟，掩映于山巅林际。房舍错落，因地为势，美景如斯，遂使如重囚的我，遽然被释，久已不波的灵海，顿起潮汐，芸芸人海中的我真只是一个行尸呵！

灵海既拥潮汐，其活泼腾越有如游龙，竟至不可羁勒。

这一天黎明，我便起来，怔立在回廊上，不知是何心情，只觉得心绪茫然，不复自主。

　　记起五年前的一个秋天早晨——天容淡淡，曙光未到之前，我和伊姊同住在一所临河的客店里——那时正是我们由学校回家乡的时候。头一天起早，坐轿走了五十里，天已黑了，必须住一夜客店，第二天方能到芜湖乘轿。那一家客店，只有三间屋子，一间堂屋，一间客房，一间账房，后头还有一个厂厅排着三四张板床，预备客商歇脚的。在这客店住着的女客除了我同伊姊没有第三个人，于是我们两个人同住在一间房里——那是唯一的客房。我一走进去，只见那房子里阴沉沉的，好像从来未见阳光。再一看墙上露着不到一尺阔的小洞，还露着些微的亮光，原来这就是窗户。伊姊皱着眉头说："怎么是这样可怕的所在？你看这四面墙壁上和屋顶上，都糊着十年前的陈报纸，不知道里面藏着多少的臭虫虱子呢！……"我听了这话由不得全身肌肉紧张，掀开那板床上的破席子看了看，但觉臭气蒸溢不敢再往那上面坐。这时我忽又想到《水浒》上的黑店来了，我更觉心神不安。这一夜简直不敢睡，怔怔地坐着数更筹。约莫初更刚过，就来了两个查夜的人，我们也不敢正眼看他，只托店主替我们说明来历，并给了他一张学校的名片，他才一声不响地走了。查夜的人走了不久，就听见在我们房顶上，许多人嘻嘻哈哈地大笑。我和伊姊四目对望着，正不知怎么措置，刚好送我们的听差走进来了，问我们吃什么东西。我们心里怀着黑店的恐惧，因对他说一概不吃。伊姊又问他这上面有楼吗，怎么有许多人在上面呵？那听差的说："那里并不是楼，只是高不到三尺堆东西的地方，他们这些人都窝在上边过大烟瘾和赌钱。"我和伊姊听了这话，才把心放下了，然而一夜究竟睡不着。到三更后，那楼上的客人大概都睡了，因为我们曾听见鼾呼的声音，又坐了些时就听见远远的鸡叫，知道天快亮了，因悄悄地开了门到外面一看，倒是满庭好月色，茅店外稻田中麦秀迫风，如拥碧波。我同伊姊正在徘徊观赏，渐听见村人赶早集的声音，我们也就整装奔前途了。

灵潮正在奔赴间，不觉这时的月影愈斜，星光更淡，鸡鸣、犬吠，四境应响，东方浓雾渐稀，红晕如少女羞颜的彩霞，已择隙下窥，红而且大的皓日冉冉由山后而升，刹那间霞布千里，山巅云雾，逼炙势而匿迹，蔚蓝满空。唉！如浮云般的人生，其变易还甚于这月露风云呵，梅姊也以为然吗？

二　动人无限愁如织

梅姊！你不是最喜欢苍松吗？在弥漫黄沙的燕京，固然缺少这个，然而我们这里简直遍山都是。这种的树乡里的人都不看重它，往往砍下它的枝干做薪烧，可是我极爱那伏龙天矫的姿势。恰好在我的屋子前有数十株臂般的大松树，每逢微风穿柯，便听见涛声澎湃，我举目云天，一缕愁痕，直奔胸臆。咦！清脆的涛声呵！然而如今都变成可怕的涛声了。梅姊！你猜它是带来的什么消息？记得去年八月里，正是黄昏时候，我还是住在碧海之滨的小楼上，我们沿着海堤看去，只见斜阳满树，惊风鼓浪。细沫飞溅衣襟，也正是涛声澎湃，然而我那时对于这种如武士般的壮歌，只是深深地崇拜，崇拜它的伟大的雄豪。

我深深记得我们同行海堤共是五个人，其间有一个J夫人——梅姊未曾见过——她的面貌很美丽，尤其她天性的真稚，仿佛出壳的雏莺。她从来不曾见过四无涯涘的海，这是她第一次看见了海，她极欣悦地对我说："海上的霞光真美丽，真同闪光的柔锦相仿佛，我几时也能乘坐那轮船，到外国遨游一番，便不负此生了。"我微笑道："海行果然有趣。然而最怕遇见风浪……"J夫人道："吓，如果遇见

110

暴风雨，那真是可怕呢。我记得我母亲的一个内侄，有一次从天津到上海，遇到飓风，在海里颠沛了六七天，幸而倚傍着一个小岛，不然便要全船翻覆了！"我们说到海里的风浪，大家都感着心神的紧张，我更似乎受到暗示般，心头觉得忐忑不定。我忽想到涵曾对我说："星相者曾断定他二十八岁必死于水……"这自然是可笑的联想，然而实觉得涵明年出洋的计划，最好不要实现……这时涵正与铎谈讲着怎样为他的亡友编辑遗稿，我自不便打断他的话头，对他说我的杞忧……

我们谈着不觉天色已黑下来，并且天上又洒下丝丝的细雨来。我们便沿着海堤回去了。晚饭后我正伏着窗子看海，又听见涛声澎湃，陡地又勾起我的杞忧来。我因对涵说："我希望你明年不要到外国去……"涵怔怔地道："为什么？"我被他一问又觉得我的思想太可笑了，不说罢！然而不能，我嗫嚅着说："你不记得星相者说你二十八岁要小心吗？……"涵听了这话不觉哧的一声笑道："你真有些神经过敏了，怎么忽然又想起这个来！"我被他讪笑了一阵，也自觉惭沮，便不愿多说……而不久也就忘记了。

涛声不住的澎湃，然而涵却不曾被它卷入旋涡，但是涵还不到二十八岁，已被病魔拖了去。唉！这不但星相者不曾料到，便是涵自身也未曾梦想到呵！当他在浪拥波掀的碧海之滨，计划为他的亡友整理遗稿，他何尝想到第二年的今日，松涛澎湃中，我正为他整理残篇呢。我一页一页地抄着，由不得心凄目眩。我更拿出他为亡友预备编辑而未曾编辑的残简一叠，更不禁鼻酸泪涕！唉！不可预料的昙花般的生命，正不知道我能否为他整理完全遗著，并且又不知道谁又为我整理遗著呢！梅姊！你看风神勤鼓着双翼，松涛频作繁响，它带来的是什么消息……正是动人无限愁如织呵！

三　斜阳正在烟柳断肠处

斜阳满山，繁英呈艳。我同圃绕过山径，那山路忽高忽低曲折蜿蜒。山洼处一方稻田，麦浪拥波，翠润悦目。走尽田垄。忽见奇峰壁立，一抹残阳，正反映其上。由这里拨乱草探幽径，转而东折，忽露出一条石阶，随阶而上，其势极险，弯腰曲背，十分吃力，走到顶巅，下望群峰起伏，都映掩于淡阳影里。我同圃坐在悬崖上，默默地各自沉思。

我记得那是一个极轻柔而幽静的夜景，没有银盆似的明月。只是点点的疏星，发着闪烁的微光。那寺里一声声钟鼓荡漾在空气里时，实含着一种庄严玄妙的暗示。那一队活泼的青年旅行者，正在那大殿前一片如镜般的平地上手搀着手，捉迷藏为嬉。我同圃、德三个人悄悄地走出了山门，便听见瀑布潺潺溅溅的声音，我们沿着石路慢慢地散着步，两旁的松香清澈，树影参差。我们唱着极凄凉的歌调，圃有些怅惘了，她微微地叹息道："良辰美景……"底下的话她不愿意再说下去，因换了话头说："这个景致，极像某一张影片上的夜景，真比什么都好，可是我顶恨这种太好的风景恒使我惹起无限莫名的怅惘来。"我仿佛有所悟似的，因道："圃，你猜这是什么原因？……正是因为环境的轻松，内心得有回旋的余地，潜伏心底的灵性的要求自然乘机发动；如果不能因之满足，便要发生一道怅惘的情绪，然而这怅惘的情绪，却是一种美感，恒使我人迟徊不忍舍去。"我们正发着各自的议论，只有德一声不哼地感叹着。圃似乎不在意般地又接着道："我想无论什么东西，过于着迹，就要失却美感，风景也是如此，只要是自然的便好，那人工堆砌的究竟经不住仔细端相……甚至于交朋友，也最怕的是腻，因为腻了便觉得丑态毕露。世界上的东西，一面是美的一面是丑的，若果能够掩饰住丑的，便都是美的可欣羡的，否则都是些罪恶！"唉！梅姊，圃的一席话，正合了我的心。你总当记得朋友们往往嫌我冷淡，其实这种电流般的交感，不过是霎时的现象，索居深思的时候，一切都觉淡然！我当时极赞同圃的话，但我觉得德那时有些仿佛失望似的。自然啦，她本是一个热情的人，对于朋友，常常牺牲了自己而宛转因人，而且是过分的细心，别人的一举一动，她都以为是对她而发的，或者是有什么深意。她近来待我很好，可是我久已冷淡的心情，虽愿意十分的和她亲热，无如总是空落落的。她自然时常感到不痛快，可是我不能出于勉强的敷衍，不但这是对不住良心，而且也不耐烦；然而她现在无精打采地长叹着，我有些难受了。我想上帝太作弄我，既是给我这种冷酷而少信仰的心性，就不该同时又给我这种热情的焚炙。

最使我不易忘怀的，是德将要离开我们的那一天。午饭后，她便忙着收拾行装，我只怔怔地坐着发呆。她凄然地对我说："我每年暑假离开这个学校时，从不曾感到一些留恋的意味，可是这一次就特别了，老早地就心乱如麻说不出那一种'剪不断，理还乱'的滋味……"她说着眼圈不觉红了。我呢？梅姊若是前五年，我的眼泪早涌出来了，可是现在百劫之余的心灵，仿佛麻木了。我并不是没有同情心，然而我终没有相当的表现，使对方的人得到共鸣的安慰，当我送她离开校门的时候，正是斜阳满树，烟云凄迷，我因冷冷地道："德！你看斜阳正在烟柳断肠处。"德听了这话，顿时泪如雨下，可是我已经干枯的泪泉，只有惭愧着，直到德的影子不可再见了，我才悄悄地回来。我想到了这里，不觉叹了一声，圃忽回头对我说："趁着好景未去的时候，我们回去吧！也留些不尽的余兴。"梅姊！这却是至理名言吧！

四　寒灰寂寞凭谁暖，落叶飘扬何处归

梅姊！我这个心终究是空落落的，然而也绝不想使这个心不空落，因为世界上究少可凭托的地方，至于归宿呢，除出进了"死之宫门"恐怕没有归宿处呵！空落落的心不免到处生怯，明明是康庄大道，然而我从不敢坦然地前进，但是独立于落日参横，灰淡而沉寂的四空中，又不免怅然自问"寒灰寂寞凭谁暖，落叶飘扬何处归"了。梅姊！可怜以矛刺盾，转战灵田，不至筋疲力倦，奄然物化，尚有何法足以解脱？

有时觉得人们待我也很有情谊，聊以自慰吧！然而多半是必然的关系，含着责任的意味，而且都是搔不着痒处的安慰，甚于有时强我咽所不愿咽的东西。唉！转不如没有这些不自然的牵扯，反落得心身潇洒，到而今束身于桎梏之中，承颜候色，何其无聊！

但是世界上可靠的人，究竟太少，怯生生的我，总不

敢挣脱这个牢笼，放胆前去。我梦想中的乐园，并不是想在绮罗丛里，养尊处优，也不是想在饮宴席上，觥筹交错。我不过求两橼清洁质朴的茅屋，一庭寂寞的花草，容我于明窗净几之下，饮酽茶，茹山果，读秋风落叶之什，抉灵海潮汐，示我亲爱的朋友们。唉！我所望的原来非奢，然而蹉跎至今，依然夙愿莫偿，岁月匆匆，安知不终抱恨长辞。虽然我也知道在这世界上，正有许多醉梦沉酣的人们，膏沐春花秋月般的艳容，傲睨于一群为他们而颠倒的青年之前，是何等的尊若天神。青年们如疯狂似的俯伏她们的足前，求她们的嫣然一笑时，是何等的沉醉迷离。呵！梅姊！你当然记得从前在梅窟时你我的豪兴，我们曾谈到前途的事业，你说你希望诗神能够假你双翼，使你凌霄而上，采撷些仙果琼葩，赐予久不赏识美味的世人，这又是何等超越之趣，然而现在你却怔立在悲风惨日的新墓之旁，含泪仰视。呵！梅姊！你岂是已经掀开人间的厚幕，看到最后的秘密了吗？若果是的，请你不必深说罢！我并恳求你暂且醉于醇醪，以幻象为真实吧！更不必问到"落叶飘扬何处归"的消息，因为我不能相信在这世界上可以求到所谓凭托与归宿呵！

梅姊！只要我一日活着，我的灵海潮汐将掀腾没有已时，我尤其怕回首到那已经成尘的往事，然而我除了以往事的余味，强为自慰外，我更不知将何物向你诉说！现在的我，未来的我，真仿佛剩余的糟粕，无情的世界诚然厌弃我，然而我也同样地憎厌世界呵！

梅姊！我自然要感激你对我的共鸣，你希望我再到北京，并应许我在凄风苦雨之下伴我痛哭，唉！我们诚然是世界上的怯弱者，终不免死于失望呵！……梅姊！我兴念及此，一管秃笔不堪更续了哟！

愁情一缕付征鸿

你想不到我有冒雨到陶然亭的勇气吧！妙极了，今日的天气，从黎明一直到黄昏，都是阴森着，沉重的愁云紧压着山尖，不由得我的眉峰蹙起。——可是在时刻挥汗的酷暑中，忽有这么仿佛秋凉的一天，多么使人兴奋！汗自然的干了，心头也不曾燥热得发跳；简直是初赦的囚人，四围顿觉松动。

颦！你当然理会得，关于我的癖性。我是喜欢暗淡的光线和模糊的轮廓。我喜欢远树笼烟的画境，我喜欢晨光熹微中的一切，天地间的美，都在这不可捉摸的前途里。所以我最喜欢"笑而不答心自闲"的微妙人生，雨丝若笼雾的天气，要比丽日当空时玄妙得多呢！

今日我的工作，比任何一天都多，成绩都好，当我坐在公事房的案前，翠碧的树影，横映于窗间，唰唰的雨滴声，如古琴的幽韵，我写完了一篇温妮的故事，心神一直浸在冷爽的雨境里。

雨丝一阵紧，一阵稀，一直落到黄昏。忽在叠云堆里，露出一线淡薄的斜阳，照在一切沐浴后的景物上，真的，鞏！比美女的秋波还要清丽动怜，我真不知怎样形容才恰如其分，但我相信你总领会得，是不是！

这时君素忽来约我到陶然亭去，鞏！你当然深切地记得陶然亭的景物——万顷芦田，翠苇已有人高。我们下了车，慢慢踏着湿润的土道走着。从苇隙里已看见白玉石碑矗立，呵！鞏！我的灵海颤动了，我想到千里外的你，更想到隔绝人天的涵和辛。我悲郁地长叹，使君素诧异，或者也许有些惘然了。他悄悄对我望着，而且他不让我多在辛的墓旁停留，真催得我紧！我只得跟着他走了；上了一个小土坡，那便是鹦鹉冢，我蹲在地下，细细辨认鹦鹉曲。鞏！你总明白北京城我的残痕最多，这陶然亭，更深深地埋葬着不朽的残痕。五六年前的一个秋晨吧；蓼花开得正好，梧桐还不曾结子，可是翠苇比现在还要高，我们在这里履行最凄凉的别宴。自然没有很丰盛的筵席，并且除了我和涵也更没有第三人。我们带来一瓶血色的葡萄酒和一包五香牛肉干，还有几个辛酸的梅子。我们来到鹦鹉冢旁，把东西放下，搬了两块白石，权且坐下。涵将酒瓶打开，我用小玉杯倒了满满的一盏，鹦鹉冢前，虔诚的礼祝后，就把那一盏酒竟洒在鹦鹉冢旁。这也许没有什么意义，但到如今这印象兀自深印心头呢。

我祭奠鹦鹉以后，涵似乎得了一种暗示，他握着我的手说："音！我们的别宴不太凄凉吗？"我自然明白他言外之意，但是我不愿这迷信是有证实的可能，我咽住凄意笑道："我闹着玩呢，你别管那些，咱们喝酒吧。你不是说在你离开之先，要在我面前一醉吗？好，涵！你尽量地喝吧。"他果然拿起杯子，连连喝了几杯。

他的量最浅，不过三四杯的葡萄酒，他已经醉了——两颊红润得如黄昏时的晚霞，他闭眼斜卧在草地上，我坐在他的身旁，把剩下大半瓶的酒，完全喝了；我由不得想到涵明天就要走了，离别是什么滋味？那孤零会如沙漠中的旅人吗？无人对我的悲叹注意，无人为我的不眠嘘唏！我颤抖，我失却一切矜持的力，我悄悄地垂泪，涵睁开眼对我怔视，仿佛要对我剖白什么似的，但他始终未哼出一个字，他用手帕紧紧捂住脸，隐隐透出啜泣之声，这旷野荒郊充满了幽厉之凄音。

罂！悲剧中的一角之造成，真有些自甘陷溺之愚蠢，但自古到今，有几个能自拔？这就是天地缺陷的唯一原因吧！

我在鹦鹉冢旁眷怀往事，心痕暴裂。鏊！我相信如果你在跟前，我必致放声痛哭，不过除了在你面前，我不愿向人流泪，况且君素又催我走，结果我咽下将要崩泻的泪液。我们绕过了芦堤，沿着土路走到群冢时，细雨又轻轻飘落，我冒雨在晚风中悲嘘。鏊！呵！我实在觉得羡慕你，辛的死，为你遗留下整个的爱，使你常在憧憬的爱园中踯躅。那满地都开着紫罗兰的花，常有爱神出没其中，永远是圣洁的。

我的遭遇，虽有些像你，但是比着你逊多了。我不能将涵的骨殖，葬埋在我所愿他葬埋的地方，他的心也许是我的，但除了这不可捉摸的心以外，一切都受了牵掣。

我不能像你般替他树碑，也不能像你般，将寂寞的心泪，时时浇洒他的墓土。呵！

鏊！我真觉得自己可怜！我每次想痛哭，但是没有地方让我恣意地痛哭。你自然记得，我屡次想伴你到陶然亭去，你总是摇头说："你不用去吧！"鏊！你怜惜我的心，我何尝不知道，因此我除了那一次醉后痛快的哭过，到如今我一直抑积着悲泪，我不敢让我的泪泉溢出。鏊！你想这不太难堪吗？世界上的悲情，孰有过于要哭而不敢哭的呢？你虽是怜惜我，但你也曾想到这怜惜的结果吗？

我也知道，残情是应当将它深深地埋葬，可恨我是过分的懦弱，眉目间虽时时含有英气，可济什么事呢？风吹草动，一点禁不住撩拨呵！

雨丝越来越紧，君素急要回去，我也知道在这里守着也无味；跟着他离开陶然亭。车子走了不远，我又回头前望，只见丛芦翠碧，雨雾幂幂，一切渐渐模糊了。

到家以后，大雨滂沱，君素也不能回去，我们坐在书房里，君素在案上写字，我悄悄坐在沙发上沉思，鞏呵！我们相隔千里，我固然不知道你那时在做什么；可是我想你的心魂，日夜萦绕着陶然亭旁的孤墓呢！人间是空虚的，我们这种摆脱不开，聪明人未免要笑我们多余——有时我自己也觉得似乎多余！然而只有鞏你能明白：这绵绵不尽的哀愁，在我们有生之日，无论如何，是不能扫尽抛开的呵！

我往往想做英雄——但此念越强，我的哀愁越深。为人类流同情的泪，固然比较一切伟大，不过对于自身的伤痕，不知抚摸悯惜的人，也绝对不是英雄。鞏我们将来也许能做英雄，不过除非是由辛和涵使我们在悲愁中扎挣起来，我们绝不会有受过陶炼的热情，在我们深邃的心田中蒸勃呢！

我知道你近来心绪不好，本不应再把这些近乎撩拨的话对你诉说，然而我不说，便如鲠在喉，并且我痴心希望，说了后可以减少彼此的深郁的烦纡，所以这一缕愁情，终付征鸿，鼙呵！请你恕我吧！

云音七月十五写于灰城

寄燕北故人

亲爱的朋友们：

　　在你们闪烁的灵光里，大约还有些我的影子吧！但我们不见已经四年了，以我的测度你们一定不同从前了——至少梅姊给我的印影——夕阳下一个倚新坟而凝泪的梅姊，比起那衰草寒烟的梅窟，吃鸡蛋煎菊花的豪情逸兴要两样了。至于轩姊呢，听说愁病交缠，近来更是人比黄花瘦。那么中央公园里，慢步低吟的幽趣，怕又被病魔销尽了！……呵！现在想到隽妹，更使我心惊！我记得我离开燕京的时候，她还睡在医院里，后来虽常常由信里知道她的病终久痊愈了，并且她又生了两个小孩子，但是她活泼的精神和天真的情态，不曾因为病后改变了吗？哎！不过四年短促的岁月中，便有这许多变迁了，谁还敢打开既往的生活史看，更谁敢向那未来的生活上推想！

我自从去年自己害了一场大病，接着又遭人生的大不幸，终日只是被暗愁锁着。无论怎样的环境，都是我滋感之菌，清风明月，苦雨寒窗，我都曾对之泣泪泛澜，去年我不是告诉你们：我伴送涵的灵柩回乡吗？那时我满想将我的未来命运，整个地埋没于闭塞的故乡，权当归真的墟墓吧！但是当我所乘的轮船才到故乡的海岸时，已经给我一个可怕的暗示——一片寒光，深笼碧水。四顾不禁毛发为之悚栗，满不是我意想中足以和暖我战惧灵魂的故乡；及至上了岸，就见家人，约了许多道士，在一张四方木桌上，满插着招魂幡旗，迎冷风而飘扬。只见涵的衰年老父，揾泪长号，和那招魂的磬钹繁响争激。唉！马江水碧，鼓岭云高，渺渺幽冥，究竟何处招魂！徒使劫余的我肝肠俱断。到家门时，更是凄冷鬼境，非复人间。唉！那高举的丧幡，沉沉的白幔，正同五年前我奔母亲丧时的一样刺心伤神——不过几年之间，我却两度受造物者的宰割。哎！雨打风摧，更经得几番磨折！——再加着故乡中的俚俗困人，我究竟不过住了半年，又离开故乡了——正是谁念客身轻似叶，千里飘零！

去年承你们的盛情约我北去，更续旧游，只恨我胆怯，始终不敢应诺。按说北京是我第二故乡，我七八岁的时候，就和它相亲相近，直到我离开它，其间十八九年，它使我发生对它的好感，实远胜我发源地的故乡。我到北京去，自然是很妥当而适意的了；不过你们应当知道，我为什么不敢去？东交民巷的皎月馨风，万牲园的幽廊斜晖，中央公园的薄霜淡雾，都深深地镂刻着我和涵的往事前尘！我又怎么敢去！怎么忍去！朋友们！你们千里外的故人，原是不中用的呢！不过也不必因此失望，因为近来我似乎又找到新生路了。只要我的灵魂出了牢狱，我便可和你们相见了！

我这一次重到上海，得到一个出我意料外的寂静的环境，读书作稿，都用不着等待更深夜静。确是蓼荻绕宅，梧桐当户，荒坟蔓草，白杨晚鸦，而它们萧然地长叹，或冷漠，都给我以莫大的安慰，并且启示我，为俗虑所掩遮的灵光——虽只是很淡薄的灵光，然而我已经似有所悟了。

我所住的房子，正对着一片旷野，窗前高列着几棵大树，枝叶繁茂，宿鸟成阵，时时鼓舌如簧，娇啭不绝。我课余无事，每每开窗静听，在它们的快乐声中，常常告诉我，它们是自由的……有时竟觉得，它们在嘲笑我太不自由了，因为我灵魂永远不曾解放过，我不能离开现实而体察神的隐秘，无论做什么事情，都只能宛转因人，这不是太怯弱了吗？

　　有一天我正向窗外凝视，忽然看见几个小孩子，满脸都是污泥，衣服也和他们的脸一样的肮脏，在我们房子左右满了落叶枯枝的草地上，撷拾那落叶枯枝。这时我由不得心里一惊——天寒岁暮了，这些孩子，捡这枯枝，想来是，燃了取暖的。昨天听说这左右发现不少小贼，于是我告诉门房的人，把那些孩子赶了出去，并且还交代小工，将那破损的竹篱笆修修好，不要让闲杂人进来……这自然是我的责任，但是我可对不起那几个圣洁的小灵魂了。我简直是蔑视他们，贼自然是可怕的罪恶，然而我没有用的人，只知道关紧门，不许他们进来，这只图自己的安适，再不为那些不幸的人们着想，这是多么卑鄙的灵魂？除自私之外没有更大的东西了！朋友们，在这灵光一瞥中，我发现了人类的丑恶，所以现在除了不幸的人外，我没有朋友。有许多人，对着某一个不幸的人，虽有时也说可怜，然而只是上下唇及舌头筋肉间的活动，和音带的震响罢了——真是十三分的漠然，或者可以说，其间含着幸灾乐祸的恶意呢？总之一个从来不懂悲哀和痛苦真义的人，要叫他能了解悲哀和痛苦的神秘，未免太不容易！所以朋友们！你们要好好记住，如果你们是有痛苦悲哀的时候，与其对那些不能了解的人诉说，希冀他们予以同情的共鸣，那只是你们的幻想，决不会成事实的。不如闭紧你们的口，眼泪向肚里流要好得多呢。悲哀才是一种美妙的快感，因为悲哀的纤维，是特别的精细，它无论是触于怎样温柔的玫瑰花朵上，也能明切地感觉到，比起那近于欲的快乐的享受，真是要耐人寻味多了。并且只有悲哀，能与超乎一切的神灵接近。当你用怜悯而伤感的泪眼，去认识神灵的所在，比较你用浮夸的享乐的欲眼时，要高明得多。悲哀诚然是伟大的！

朋友们！你们读我的信到这个地方，总要放下来揣想一下吧！甚或要问这倒是怎么一回事？——想来这个不幸的人，必要被暗愁搅乱了神经，不然为何如此尊崇悲哀和不幸者呢？……要不然这个不幸的人，一定改了此前旷达的心胸，自围于凄栗之中……呵！朋友们，如果你们如是的怀疑，我可以诚诚实实地告诉你们，这揣想完全错了。我现在的态度，固然是比较从前严肃，然而我却好久不掉眼泪了。看见人家伤心，我仿佛是得到一句隽永的名句，有意义的，耐人寻味的名句。我得到这名句，一面是刻骨子的欣赏，一面又从其中得到慰安。这真是一种灵的认识，从悲哀的历程中，所发现的宝藏。

我前此常常觉得人生，过于单调：青春时互相的爱恋者，一天天平凡地度过去，究竟什么是生命的意义！——

有什么无上的价值，完全不明了。现在我仿佛得到神明的诏示，真了解悲哀才有与神接近的机会，才能以鲜红的热血为不幸者牺牲。朋友们！我相信你们中一定有能了解我这话的人，至少梅姊可以和我表同情，是不是？

我自从沦入失望和深愁浸渍的旋涡中，一直总是颓废不振。我常常自危，幸而近来灵光普照，差不多已由颓废的旋涡中扎挣起来了。只要我一旦对于我的灵魂，更能比较地解放，更认识得清楚些，那么那个人的小得失，必不致使我惊心动魄了。

梅姊的近状如何？我记得上半年来信，神气十分萎靡。固然我也知道梅姊的遭遇多苦。但是，我希望梅姊把自己的价值看重些，把自己的责任看大些，像我们这种个人的失意，应该把它稍为靠后些。因为这悲哀造成的世界，本以悲哀为原则，不过有的是可医治的悲哀，有的是不可医治的悲哀。我们的悲哀，是不可医治的根本的烦冤，除非毁灭，是不能使我们与悲哀相脱离。我们只有推广这悲哀的意味，与一切不幸者同运命，我们的悲哀岂不更觉有意义些吗？呵！亲爱的朋友！为了怜悯一个贫病的小孩子而流泪，要比因自己的不幸而流泪，要有意味得多呢！

神实在是不可思议的，所以能够使世界瑰琦灿烂，不可逼视，在这里我要告诉你一件很有趣味的事实。前天下午，我去看星姊，那时美丽的太阳，正射在玫瑰色的玻璃窗上，天边浮动着变幻的浅蓝的飞云。我走到星姊的房间的时候，正静悄悄不听一点声息。后来我开门进去，只见星姊正在摇篮旁用手极轻微地摇着睡在里面的小孩子。我一看，突然感觉到母亲伟大而高远的爱的神光，从星姊的两眸子中流射出来。那真是一朵不可思议的灿烂之花！呵隽妹！我现在能想象你，那温慈的爱欢，正注射着你那可爱的娇儿呢！这真是人间最大慰安吧，无论是怎么痛苦或疲乏的人，只要被母亲的春晖拂照便立刻有了生气。世界上还有比母亲的爱更伟大吗？这正是能牺牲自己而爱，爱她们的孩子，并且又是无所为而爱的呵！母亲的爱是怎样的神圣，也正和为不幸而悲哀同样有意味呢？

现在天气冷了，秋风秋雨一阵紧一阵，燕北彤云，雪意必浓，四境的冷涩，不知又使多少贫苦人惊心骇魄。但愿梅姊用悲哀的更大同情，为他们洗涤创污，隽妹以母亲伟大的温情，为他们的孤零嘘拂。

如果是无甚阻碍，明年暑假，我们定可图一晤。敬祝亲爱的朋友为使灵魂的超越而努力呵！

你们海角的故人书于凄风冷雨之下。

寄梅窠旧主人

在彼此隔绝音讯的半年中，知你又几经了世变。宇宙本是瞬息百变的流动体——更何处找安靖：人类的思想譬如日夜奔赴的江流，亦无时止息。深喜你已由沉沦的旋涡中，扎挣起来了！从此前途渐进光明，行见奔流入海，立鼓荡得波扬浪掀，使沉醉的人们，闻声崛兴，这是多么伟大的工作，亲爱的朋友努力吧！我愿与你一同努力。

最近我发现人世最深刻的悲哀，不是使人颓丧哀啭。当其能泪湿襟袖时，算不得已入悲哀之宫，那不过是在往悲之宫的程途上的表象：如果已进悲哀之宫——那里满蓄着富有弹性的烈火，它要烧毁世界一切不幸者的手铐脚镣，扫尽一切悲惨的阴霾，并且是无远不及的。吾友！这固然是由我自己命运中体验出来的信念，然而感谢你为我增加这信念的城堡坚固而深邃！

朋友！你应当记得瘦肩高耸，愁眉深锁的海滨故人吧！那时同在"白屋"中你曾屡次指我叹道："可怜你瘦弱的双肩更担得多少烦悲。"但是吾友！这是过去更不再来的往事了。现在的海滨故人呵！她虽仍是瘦肩高耸，然而眉峰舒放，眼波凝沉，仿佛从X光镜中，窥察人体五脏似的窥察宇宙。吾友！你猜到宇宙的究极是展露些什么？我老实地告诉你：那里只是一个深不见底的大缺陷，在展露着哟！比较起我们个人所遇的坎坷，我们真太渺小了。于此用了我们无限大的灵海而蓄这浅薄的泪泉，怎么怪得永久是干涸的……我现在已另找到前途了，我要收纳宇宙所有悲哀的泪泉，使注入我的灵海，方能兴风作浪，并且以我灵海中深渊不尽的巨流，填满那无底的缺陷。吾友！我所望的太奢吗？但是我决不以此灰心，只要我能做的时候，总要这样做，就是我的躯壳变成灰，倘我的一灵不泯，必不停止地继续我的工作。

你寄给我的蔷薇，我已经细看过了，在你那以血泪代墨汁的字句中，只加深我宇宙缺陷之感。不过眼泪却一滴没有，自从去年涵抛弃我时，痛哭之后，我才领受了哭的滋味。从那次以后，便不曾痛哭过，这固然是由于我泪泉本身的枯竭，然而涵已收拾了我醉梦的人生，我已经不是原来的我了，从此便不再流眼泪了。

现在我要告诉你我最近的生活，我去年十一月回到故乡曾在那腐臭不堪的教育界混了半年。在那只知有物质，而无精神的环境下，我认识了人类的浅薄和自私，并且除了肮脏的血肉之躯外，没有更重要的东西。所以耳濡目染，无非衣食住的问题，精神事业，那是永远谈不到的。虽偶有一两个特立独行之士，但是抵不过恶劣环境的压迫，不是洁身引退，便是志气消沉。吾友！你想我在百劫之余，已经遍体鳞伤，何堪忍受如此的打击？我真是愤恨极了！倘若是可能，但愿地球毁灭了吧！所以我决计离开那里，我也知道他乡未必胜故乡，不过求聊胜一步罢了，谁敢做满足的梦想！

不过在炎暑的夏天——两个月之中我得到比较清闲而绝俗的生活——因为那时，我是离开充满了浊气的城市，而到绝高的山岭上，那里住着质朴的乡民和天真的牧童村女，不时倒骑牛背，横吹短笛。况且我住房的前后，都满植苍松翠柏，微风穿林，涛声若歌，至于涧底流泉，沙咽石激，别成音韵，更足使我怔坐神驰，我往往想，这种清幽的绝境，如果我能终老于此，可以算是人间第一幸福人了。不过太复杂的一生，如意事究竟太少，仅仅五十几天，我便和这如画的山林告别了。我记得，朝霞刚刚散布在淡蓝色的天空时，微风吹拂我覆额乱发，我正坐山兜，一步一步地离开他们了。唉！吾友！真仿佛离别恋人的滋味一样呢，一步一回头，况且我又是个天涯漂泊者，何时再与这些富于诗兴的境地，重行握手，谁又料得到呢！

　　我下山之后，不到一星期，就离开故乡，这时对着马江碧水，鼓岭白云，又似眷恋又似嫌恨唉！心情如此能不黯然，我想若到了"往事不堪回首"的江滨，又不知怎样把心魂扎挣！幸喜我所寄宿的学校宿舍，隔绝尘嚣，并且我的居室前面，一片广漠的原野，几座荒草离离的孤坟，不断有牧童樵叟在那里驻足，并且围着原野，有一道萦回的小河，天清日朗的时候，也有一两个渔人持竿垂钓，吾友！你可以想象，这是如何寂静而辽阔的境地，正宜于一个饱经征战的战士，退休的所在，我对上帝意外的赏赐，当如何感谢而欢忭呵！……我每日除了一二小时替学生上课外，便静坐案侧，在那堆积的书丛中找消遣的材料，有时对着窗外的荒坟，寄我忆旧悼亡的哀忧，萧萧白杨，似为我低唱挽歌，我无泪只有静对天容寄我冤恨！

　　吾友！我现在唯一的愿望，暑假到来时，我能和你及其他的朋友，在我第二故乡的北京一聚，无论是眼泪往里咽也好，因为至少你总了解我，我也明白你，这样，已足彼此安慰了，但愿你那时不离开北京。

十五年十二月十七日隐寄自海滨

情书四则

一

云：

今晚电话里你说曾寄信给我，当时我很急的跑回家，而信还没有送到，不知你什么时候寄的。电话又坏了，听不清楚，真使人不高兴。云，你知道我的心是怎样不安定呢。

云，我常常虔诚的祈祷，我不希冀人间的富贵虚荣，我只愿我俩中间永远不要有一些隔膜，即使薄于蝉翼的薄膜也不能使它存在，你能允许我吗？

我来到世界上所经的坎坷太多了，并且愈向前走，同路的人愈少，最后我是孤单的，所以我常常拼命蹂躏自己。自从认识你以后，你是那样的同情我，慰藉我，使我绝处逢生，你想我将如何惊喜！我极想抓住你——最初我虽然不敢相信我能，但是现在我觉得我非抓住你不可，因为你，我可以增加生命的勇气与意义；因为你，我可以为世界所摒弃而不感到凄惶；因为你，我可以忍受人们的冷眼。在这个世界，只要有一个知己，便一切都可无畏，便永远不再感到孤单。云，你想我是怎样的需要你呢？

你今天回学校以后心情怎样？望你能安心写诗，能高兴生活。我今天也写了一些稿子，不过天气太热，下午人不大好过，曾经发过痧，但不久就好了。你的身体怎样呢？云，我时常念着你呵！

再谈吧，祝你

高兴。

冷鸥

二

亲爱的：

我渴，我要喝翡翠叶上的露珠；我空虚，我要拥抱温软的玉躯；我眼睛发暗，我要看明媚的心光；我耳朵发聋，我要听神秘的幽弦。呵！我需要一切，一切都对我冷淡，可怜我，这几天的心彷徨于忧伤。

我悄对着缄默阴沉的天空虔诚的祷祝，我说："万能的主上帝，在这个世界里，我虽然被万汇摒弃，然而荼毒我的不应当是你，我愿将我的生命宝藏贡献在你的丹墀，我将终身作你的奴隶，只求你不要打破我幻影的倩丽！"

但是万能的主上帝说："可怜的灵魂呵，你错了，幸福与坎坷都在你自己。"

呵，亲爱的，我自从得到神明的诏示后，我不再作无益的悲伤了。现在我要支配我的生命，我要装饰我的生命，我便要创造我的生命。亲爱的，我们是互为生命光明的宝灯，从今后我将努力的挹住你在我空虚的心宫——不错，我们只是"一"，谁能够将我们分离？——只是恶剧惯作的撒旦，他用种种的法则来隔开我们，他用种种阴霾来遮掩我们，故意使我们猜疑，然而这又何济于事？法则有破碎的时候，阴霾有消散的一天，最后我们还是复归于"一"。亲爱的，现在我真的心安意定，我们应当感谢神明，是它给了我们绝大的恩惠。

我们的生命既已溶化为"一"，哪里还有什么伤痕？即使自己抓破了自己的手，那也是无怨无忌，轻轻的用唇——温气的唇，来拭净血痕，创作更变为神秘。亲爱的，放心吧，你的心情我很清楚，因为我们的心弦正激荡着一样的音浪。愿你千万不要为一些小事介意！

这几天日子过得特别慢，星期太不容易到了。亲爱的，你看我是怎样的需要你呵。你这几天心情如何？我祝福你快乐。

鸥

三

亲爱的异云：

你瞧！这叫人怎么能忍受？灵魂生着病，环境又是如是的狼狈，风雨从纱窗里一阵一阵打进来，屋顶上也滴着水。我蜷伏着，颤抖着，恰像一只羽毛尽湿的小鸟，我不能飞，只有失神的等候——等待着那不可知的命运之神。我正像一个落水的难人，四面汹涌的海浪将我紧紧包围，我的眼发花，我的耳发聋，我的心发跳，正在这种危急的时候，海面上忽然飘来一张菩提叶，那上面坐着的正是你，轻轻的悄悄的来到我的面前，温柔地说道："可怜的灵魂，来吧！我载你到另一个世界。"我惊喜的抬起头来，然而当我认清楚是你时，我怕，我发颤，我不敢就爬上去。我知道我两肩所负荷的苦难太重了，你如何载得起？倘若不幸，连你也带累得沦陷于这无边的苦海，我又何忍？而且我很明白命运之神对于我是多么严重，它岂肯轻易的让我逃遁？因此我只有低头让一个一个白银似的浪花从我身上踏过。唉，我的爱，——你真是何必！世界并不少我这样狼狈的歌者，世界并不稀罕我这残废的战士，你为什么一定要把我救起，而且你还紧紧的将我搂在怀里，使我听见奇秘的弦歌，使我开始对生命注意！

呵，多谢你，安慰我以美丽的笑靥，爱抚我以柔媚的心光，但是我求你不要再对我遮饰，你正在喘息，你正在扎挣——而你还是那样从容的唱着摇篮曲，叫我安睡。可怜！我哪能不感激你，我哪能不因感激你而怨恨我自己？唉！我为什么这样渺小？这样自私？这样卑鄙？拿爱的桂冠把你套住，使你吃尽苦头？——明明是砒霜而加以多量的糖，使你尝到一阵苦一阵甜，最后你将受不了荼毒而至于沦亡。唉，亲爱的，你正在为我柔歌时，我已忍心悄悄的逃了，从你温柔的怀里逃了，甘心为冷硬的狂浪所淹没。我昏昏沉沉在万流里漂泊，我的心发出忏悔的痛哭，然而同时我听见你招魂的哀歌。爱人，世界上正缺乏真情的歌唱。人与人之间隔着万重的铜山，因之我虔诚的祈求你尽你的能力去唱，唱出最美丽最温柔的歌调，给人群一些新奇的同感。我在苦海波心不知漂泊几何岁月，后来我漂到一个孤岛上，那里堆满了贝壳和沙砾，我听着我的生命在沙底呻吟，我看着撒旦站在黑云上狞笑。啊，我为我的末路悲悼，我不由得跪下向神明祈祷，我说：“主啊，告诉我，谁藏着玫瑰的香露？谁采撷了智慧之果？……一切一切，我所需要的，你都告诉我！你知道我为追求这些受尽人间的坎坷！……现在我将要回到你的神座下，你可怜我，快些告诉我吧！”

我低着头，闭着眼，虔诚的等候回答，谁想到你又是那样轻轻的悄悄的来了！你热烈的抱住我说：“不要怕，我的爱！……我为追求你，曾跋涉过海底的宫阙，我为追求你，曾跑遍山岳；谁知那里一切都是陌生，一切都是飘渺，哪有你美丽的情影？哪有你熟习的声音？于是我夜夜唱着招魂的哀歌，希冀你的回应；最后我是来到这孤岛边，我是找到了你！呵，我的爱，从此我再也不能与你分离！”

啊，天！——这时我的口发渴，我的肚子饥饿，我的两臂空虚——当你将我引到浅草平铺的海滨——我没有固执，我没有避忌，我忘记命运的残苛；我喝你唇上的露珠，我吃你智慧之果，我拥抱你温软的玉躯。那时你教给我以世界的美丽，你指点我以生命的奥义，唉，我还有什么不满足？然而，吾爱，你不要惊奇，我要死——死在你充满灵光漾溢情爱的怀里，如此，我才可以伟大，如此我才能不朽！

我的救主，我的爱，你赐予我的如是深厚，而你反谦和的说我给你的太多太够！

然而我相信这绝不是虚伪，绝不是世人所惯用的技巧，这是伟大的爱所发扬出来的彩霓！——美丽而协和，这是人类世界所稀有的奇迹！

今后人世莫非将有更美丽的歌唱，将有更神秘的微笑吗？我爱，这就是你的力量啊！

前此撒旦的狞笑时常在我心中徘徊，我的灵魂永远是非常狼狈——有时我似跳出尘寰，世界上的法则都从我手里撕碎，我游心于苍冥，我与神祇接近。然而有时我又陷在命运的网里，不能挣扎，不能反抗，这种不安定的心情像忽聚忽散的云影。吾爱，这样多变幻的灵魂，多么苦恼，我须要一种神怪的力将我维系，然而这事真是不容易。我曾多方面的试验过：我皈依过宗教，我服膺过名利，我膜拜过爱情，而这一切都太拘执太浅薄了，不能和我多变的心神感应，不能满足我饥渴的灵魂，使我常感到不调协，使我常感到孤寂，但是自碰见你，我的世界变了颜色——我了解不朽，我清楚神秘。

亲爱的，让我们似风和云的结合吧。我们永远互相感应，互相融洽，那么，就让世人把我们摒弃，我们也绝对的充实，绝对的无憾。

亲爱的，你知道我是怎样怪僻，在人间我希冀承受每一个人的温情，同时又最怕人们和我亲近。我不需要形式固定的任何东西，我所需要的是适应我幽秘心弦的音浪。我哭，不一定是伤心；我笑，不一定是快乐；这一切外形的表现不能象征我心弦的颤动；有时我的眼泪和我的笑声是一同来的；这种心波，前此只有我自己知道，我自己感着，现在你是将我整个的看透了。你说：

"我握着你的心，
　我听你的心音；
　忽然轻忽然沉，
　忽然热忽然冷，
　有时动有时静，
　——我知道你最晰清。"

呵！这是何等深刻之言。从此我不敢藐视人群，从此我不敢玩弄一切，因为你已经照彻我的幽秘，我不再倔强，在你面前我将服帖柔顺如一只羔羊。呵，爱的神，你诚然是绝高的智慧，我愿永远生息于你的光辉之下，我也再不彷徨于歧路，我也再不望着前途流泪，一切一切你都给了我，新奇的觉醒——我的爱，我的神……

你的冷鸥

四

亲爱的异云：

这两天我心情太复杂！是我有生以来所未尝有的复杂，而且又是非常纠纷不容易成为有条理的思想，因此更难以不能达意的言语表现出来了！——这也就是我不能当面对你述说的原因。

异云，让我清楚的具体的告诉你，我个人根本的思想。我是一个富于感情的人，同时也是理智的人，而且更是一个孤僻倨傲成性的人，我需要感情的培植，我需要人的同情，而同时我是一脚跷着向最终的地点观望，一只脚是放在感情的旋涡里，因之，我的两只脚的方向不同，遂至既不能超脱又不能深溺，我是彷徨于歧路——这就是我悲伤苦闷的根源。

我因为要向最终的地点观望，我就不敢对于眼前的幸福沉入；我常常是走两步退三步，所以我可以算是人间最可怜的人——是人间最没有享受到幸福的人——我真恨天为什么赋与我这种矛盾的天性！

说到我的脾气孤傲——我常常抱着宁为玉碎不为瓦全的信念，但天下到处都是缺陷，就是这区区愿望也是不能得到，呵，异云，你看，我如何的可怜！

我从前——因为经过许多的挫折，我对于人间已经没有什么希望，除了设法消磨灵魂与肉体之外，我常常布下悲哀凄凉的景，我就站在这种布景之前发挥我悲剧的天才。我未尝希冀在秋天的花园中再获得一朵春天的玫瑰；我也不敢希望在我黯淡的生命中能重新发闪些光芒，我辛苦了半生，我没有找到一点我所要找的东西——以后的岁月更是渺茫，而且我又已经是疲惫的败将，我还哪里再来的勇气去寻找我前者所未发现的东西？

然而谁知道竟那么巧，你是轻轻悄悄走到我的面前，你好像落在地窖里的一颗亮星——你的光芒使我惊疑，我不相信这颗星单是可怜我处于幽暗而来照耀，我以为他不过是无意中来到这里玩玩，说不定什么时候他仍然要腾空而去的；但是不幸，我因为惯于现在的光耀而忘了从前的幽暗，而且我是不能再受从前的那种幽暗，因为我惶惴惴唯恐此星一日飞去。我因为怀惧太深，更没有余力来享受

145

眼前的光亮，有时我故意躲到黑暗的角落里，我试试看我离开你以后我能否生存下去，然而几次试验的结果，我知道不行，绝对不行！如果你哪一天飞去，我情愿而死，纵不能死，我也情愿当瞎子，我不愿意看见别人在你照耀之下。呵！异云，你对于我是这样的重要，我自然愿意虔诚的祈祷——求你永远的不要离开我。

不过你是怎样需要我呢？我知道你是一个畸零人，人人都看了你的智慧而可敬，都看了你的温柔而爱慕，但是人人不清楚你起伏不定的心波。你是人们玉盘中养的美丽的金鱼，我相信玉盘虽美，你未必甘心被缚束于其中，然而谁又知道你的心呢？——我常常为了你这种的畸零而悲；我觉得我们有些同病，因此我可怜你就是可怜我自己，我爱你就是爱我自己，我希望我们俩能够互相安慰，互相维系。假如你由我这里得不到安慰，我也不能维系你。那么，我即使需要你，需要得发狂了，但是我为了你的幸福，我情愿你放弃我呵！亲爱的异云，只要你是满足了，我不敢顾到我自己。

我每次涉念到你离开我以后——我不敢也不忍生一丝一毫的怨恨，我只想着我自己凄苦的命运——这命运譬如是一个重担，我试着挑，也许我能挪动两步三步，我仍然尽力去挪，等到实在挪不动的时候，我只好让这重担压在我的身上，我僵卧在冰冷的黄土地下，就此收束了我的一生。

我常想一个人为什么要活着,为谁活着？如果我是为了某人活着，那么，我纵受多少苦都是有意义的；如果我是为我自己活着——为自己的吃饭睡觉而活着，那么，我不懂活来活去会活出什么意思来！

呵，异云，什么可以维系我？——除了人间确有需要我活着的人以外——如果我生也不见多，死也不觉少，那还不如死了——我个人的灵魂还可以少受些荼毒。我很希望我们的前途是光明的——我并不希冀人间的幸福，我只求我奔赴未尽的途程时有一个同伴的人就够了。如果连这一点希冀也得不到，我就愿意这途程尽量的缩短，短到不能再短为止。

呵，异云！我们的结合是根基于彼此伤损的心灵之上，按理我们是不能分离的呢！你愿意使你伤损的心独自的呻吟吗？你不愿意我们彼此抚慰吗？不，绝不呵！异云，你清楚的答复我吧！

当然我也很明白我这种忽冷忽热的心情常常使你难堪——其实呢，我也不曾好受。你知道当你神情黯淡的时候，我是觉得心头阵阵发酸，我几次咽下那咸涩的泪水去，异云，你当时也觉察出来了。你问我是否心头梗着两念的矛盾呵！异云，我不骗你，矛盾也是在所不免，不过事情还不只如是简单。我是在想我现在虽愿捉住你，同时也愿被你捉住，不过我不知道这样的情形能维持我们几何年月，倘使有一天你变了方向，悄悄地走了，我又将奈何？至于我呢，只要你的心灵中能有让我占据的时候，我总不走开。

至于以后的生活，我当然也梦想着美满；至于是否能达到目的，一半是看我们彼此的诚心，一半也要看命运，命运我们也许无法支配，但我们确能支配我们自己。亲爱的，你愿怎样支配你自己呢？

我对世界的态度你早就明白，我是向着世界的一切感叹，我是含着泪凝视宇宙万汇的——这一半是我的根性如此，一半是由于我颠沛坎坷的命运所酿成的。为了你的热情，我愿意逃出前此的苦海，我愿意投在你火般的心怀里，不过有时仍不免流露悲声，那是我的贪心太大，我还没觉得十分满足——换言之，就是我没有十分捉住你呵！异云，我们为免除这种摸索之苦，愿此后我们更坦白些，更实在些。

在这两年中我们努力的作事读书，以后我们希望能到美丽的意大利、瑞士去游历；即使不能如愿，也当同你到庐山或其他名胜的地方住些时候。那时我们不作讨厌的工作，专门发表我们心灵中的感觉，努力创作，同时有相当的机会，我们也不妨为衣食计，而分出一小部分的时间应付——我们这样互相慰藉着，过完我们的一生吧。我们原是一对同命运的鸟儿，希望我们谁也不拆散我们共同的命运。有快乐分享，比较独乐更快乐些；有痛苦分忧，要比较独苦可以减轻些；让我们是相助的盲跛吧——这话你不是早已说过吗？

异云，这一封信的确是很忠实的表白，希望以后我们谁也不掩饰什么，而且说了就算，千万不可再像从前那种若离若即的情形，使得彼此都不安定。我们已是流过血的生命了，为什么自己还要摧残自己呢？

话虽然还有许多，不过说也说不尽，就此搁笔吧。

祝你

快乐

冷鸥

雷峰塔倒

——寄到碧落

涵！记得吧！我们徘徊在雷峰塔下，地上芊芊碧草，间杂着几朵黄花，我们并肩坐在那软绵的草上。那时正是四月间的天气，我穿的一件浅紫麻沙的夹衣，你采了一朵黄花插在我的衣襟上，你仿佛怕我拒绝，你羞涩而微怯地望着我。那时我真不敢对你逼视，也许我的脸色变了，我只觉心脏急速地跳动，额际仿佛有些汗湿。

黄昏的落照，正射在塔尖，红霞漾射于湖心，轻舟兰桨，又有一双双情侣，在我们面前泛过。涵！你放大胆子，悄悄地握住我的手——这是我们头一次的接触，可是我心里仿佛被利剑所穿，不知不觉落下泪来，你也似乎有些抖

150

颤，涵！那时节我似乎已料到我们命运的多磨多难！

山脚上忽涌起一朵黑云，远远地送过雷声——湖上的天气，晴雨最是无凭，但我们凄恋着，忘记风雨无情的吹淋，顷刻间豆子般大的雨点，淋到我们的头上身上，我们来时原带着伞，但是后来看见天色晴朗，就放在船上了。

雨点夹着风沙，一直吹淋。我们拼命地跑到船上，彼此的衣裳都湿透了，我顿感到冷意，伏作一堆，还不禁抖颤，你将那垫的毡子，替我盖上，又紧紧地靠着我，涵！那时你还不敢对我表示什么！

晚上依然是好天气，我们在湖边的椅子上坐着，看月。你悄悄对我说："雷峰塔下，是我们生命史上一个大痕迹！"我低头不能说什么，涵！真的！我永远觉得我们没有幸福的可能！

唉！涵！就在那夜，你对我表明白你的心曲，我本是怯弱的人，我虽然恐惧着可怕的命运，但我无力拒绝你的爱意！

从雷峰塔下归来，一直四年间，我们是度着悲惨的恋念的生活。四年后，我们胜利了！一切的障碍，都在我们手里粉碎了。我们又在四月间来到这里，而且我们还是住在那所旅馆，还是在黄昏的时候，到雷峰塔下，涵！我们那时是毫无拘束了。我们任情的拥抱，任意的握手，我们多么骄傲……

但是涵!又过了一年，雷峰塔倒了，我们不是很凄然地惋惜吗?不过我绝不曾想到，就在这一年十月里你抛下一切走了，永远的走了!再不想回来了!呵!涵!我从前惋惜雷峰塔的倒塌，现在，呵!现在，我感谢雷峰塔的倒塌，因为它的倒塌，可以扑灭我们的残痕!

涵!今年十月就到了。你离开人间已经三年了!人间渐渐使你淡忘了吗?唉!父亲年纪老了!每次来信都提起你，你们到底是什么因果?而我和你确是前生的冤孽呢!

涵!去年你的二周年纪念时，我本想为你设祭，但是我住在学校里，什么都不完全，我记得我只作了一篇祭文，向空焚化了。你到底有灵感没有?我总痴望你，给我托一个清清楚楚的梦，但是哪有?!

只有一次，我是梦见你来了，但是你为甚那么冷淡?果然是缘尽了吗?涵!你抛得下走了，大约也再不恋着什么!不过你总忘不了雷峰塔下的痕迹吧!

涵!人间是更悲惨了!你走后一切都变更了。家里呢:也是树倒猢狲散，父亲的生意失败了!两个兄弟都在外洋飘荡，家里只剩母亲和小弟弟，也都搬到乡下去住，父亲忍着伤悲，仍在洋口奔忙，筹还拖欠的债，涵!这都是你临死而不放心的事情，但是现在我都告诉了你，你也有点眷恋吗?

　　我!大约你是放心的,一直扎挣着呢,涵!雷峰塔已经倒塌了,我们的离合也都应验了——今年是你死后的三周年——我就把这断藕的残丝,敬献你在天之灵吧!

给我的小鸟儿们（一）

整整两年了，我没看见你们。

世路太崎岖，然而我相信你们仍是飞翔空中的自由鸟。在我感到生活过分的严重时，我就想躲在你们美丽的羽翼下，求些许时的安息。

唉！亲爱的小鸟儿们——你们最欢喜我这样的称呼，不是吗？当我将要离开你们时，我曾经过虑地猜疑你们，我说："孩子们，我要多看你们几次，使我的脑膜上深印着你们纯洁的印象，一直到我没有知觉的那一天……"

"先生！你不是说两年后就回来吗？"阿堃诚挚地望着我的脸说。

"不错，我是这样计划着，不过我怕两年后你们已不像现在的对我热烈了。我怕失掉这人间的至宝，所以现在我要深深地藏起来。"

"哦！不会的，先生！我们永远是一群柔驯的小鸟儿，时常围绕着您！"

多可爱，你们那清脆的声音，无邪的眼睛，现在虽然离开了你们整两年，为了特别的原因，我不能回到你们那里，而关于你们的一切，我不时都能想起。

每逢在下课后，你们牵成一个大圈子，把我围在坎心，你们跳舞、唱歌。有时我急着要走，你们便抢掉我手里的书包，夺走我披着的大衣。阿堃最顽皮，跑出圈子，悄悄走到整容镜前，穿上我的大衣，拿着书包，学着我走路的姿势，一本正经地走过同学们面前，以致惹得他们大笑，而阿堃的脸上却绷得没有一丝笑纹，这时你们有的笑得俯下身体叫肚子疼，我却高声地喊："小鸟儿们不要吵！"

"是的大姐姐，我们不再吵了，可是大姐姐得告诉我们《夜莺诗人》的故事！"阿堃娇憨地央求着。而你们也附和着大姐姐讲、大姐姐讲，乱哄地嚷成一片。呵！多可爱的小鸟儿们呀！两年来我不曾听见你们清脆的歌声了，在江南我虽也教着那一群天真的女孩，但是她们太娇婉，太懂世故，使我不能从她们的身上找出你们的坦白、直爽、无愁无虑，因此我时常热切地怀念你们。

你们所刻在我心幕上的印象太深了，在苹果般丰润的脸上，不只充溢了坦白的顽皮，有时诚挚感动的光波，是盎然于你们的眼里。每当我不响的向你们每个可爱的面孔上看时，你们是那样乖，那样知趣地等待着，自然你们早已摸到我的脾气，每逢这种时候，我总有些严重的话，要敲进你们的心门。唉！亲爱的小鸟儿们，现在想来我真觉得罪过，我自己太脆弱易感，可是我有了什么忧愁和感慨，我不愿在那些老成持重的人面前申述，而我只喜欢把赤裸的心弦在你们面前弹。说起来我太自私，因为我得把定这凄音能激起你们深切的共鸣，而我忘记这是使你们受苦的。

　　那一天我给你们讲国语，正讲到一个《爱国童子》的故事，那时你们已经够兴奋了，而我还要更使你们兴奋到流泪，我把国内政治的黑暗揭示给你们听，把险诈的人心在你们面前解剖，立刻我看见你们脸上的笑容淡了，舒展的眉峰慢慢攒聚起来了，你们在地板上擦鞋底的毛病也陡然改了，课堂里那样静悄悄，我呢，庄严地坐在讲坛上，残忍地把你们的灵魂宰割，好像一个屠夫宰割一群小羊般。因此每次在我把你们搅扰后，我不知不觉要红脸，要咽泪。唉！亲爱的孩子们，我虽然对你们如是的不仁，而你们还是那样热烈的信任我、爱戴我，有时候你们遇到困难的问题，不去告诉你们亲切的父母，而反来和我商量，当这种时候，竟使我又欢喜又惭愧。在这个到处弥漫了欺诈的世界上，而你们偏是这样天真、无邪，这怎能叫我不欢喜呢？但是自己仔细一想，像我这样寒碜的灵魂，又有什么修养，究能帮助你们多少？恐怕要辜负了你们的热望，这种罪恶，比我在一切人群中，所犯的任何罪恶都来得不容轻赦。唉！亲爱的小鸟儿们呀！你们诚意想从人间学到一切，而你们实是这世界上最高明的先生，你们有世人久已遗失的灵魂，你们有世人所绝无的纯真。你们的器量胸襟，是与万物神灵相融合的。一个乞丐，被人人所鄙视，而你看他与天上的神祇没有分别，便是一只麻雀也能得你们热烈友情的爱护。你们是伟大的，我一生不崇拜英雄，我只崇拜你们。

但是残忍的时光，转变的流年，他们无时无刻不在剥蚀你们，层出不穷的人事，将如毒蛇般毁灭你们的灵魂。在你们含着甜净的美靥上，刻了轻微的愁苦之纹，渐渐地你们便失去了纯真，被快乐的神祇所摒弃。唉！亲爱的小鸟儿们！你们应当怎样抓住你们的青春！你们不愿意永远保持孩子的心吗？但是你们无法禁止太阳的轮子，继续不断地转，也不能留住你们的青春！只有一件事是你们可以办得到的，你们永远不要做一件使良心痛苦的事，努力亲近大自然，选择你们的朋友，于春风带来的鸟声中，于秋雨洒遍的田野间。一切小生物都比久经世故的人类聪明、纯洁。这样你们才能永远保持孩子纯真的心，永远做只自由翔空的鸟儿，并且可用你们大公无私的纯情来拯救沉沦的人类。

亲爱的小鸟儿们，愿秋风带来你们清醇的歌声，更盼雁阵从这里过时，给我留下些你们的消息。我心弦的繁音，将慢慢地向你们弹，我将告诉你们在这分别的两年中，我所经历的一切。我更想把江南温柔女儿的心音，弹给你们听。

再谈了，我亲爱的小鸟儿们！愿今夜你们的美羽，飞入我的梦魂！

给我的小鸟儿们（二）

黄昏时你们如一群小天使般飞到我家里。堃和璧每人手里捧着两束鲜花。花束上的凤尾草直拖到地上，堃个子太小，又怕踏了它，因此踮起脚来走着，璧先开口说："大姐！这是我们送你的纪念品！"

"呵！多谢！我的小鸟儿们！"我说过这话，心里真有些酸楚，回头看你们时，也都眼泪汪汪地注视着我，天真的孩子们！我真有些不该，使你们嫩弱的心灵上受到离别的创伤！我笑着拉你们到房里，把我预备好的许多小画片分给你们，并且每人塞了一块糖在嘴里，你们终竟笑了，我才算放了心。

七点多钟，我们分坐三辆汽车，一同来到东车站，堃和璧还不曾忘记那两束花。可怜的小手臂，一定捧得发酸了吧！我叫你们把它们放在箱子上，你们只笑着摇头，直到我的车票买好，上了二等车，你们才恭恭敬敬地把那两束花放在我身旁的小桌上。这时来送行的朋友亲戚竟挤满了一屋子，你们真乖觉，连忙都退出来，只站在车窗前，两眼灼灼地望着我。这使我无心应酬那些亲戚朋友，丢下他们，跑下车来，果然不出所料，你们都团团把我围住，可是你们并没多话说。只在你们的神色上，把你们惜别的真情，都深印在我心上了。

不久开车的铃声响了。我和你们握过手，跳上车去，那车已渐渐地动起来了。

"给我们写信！"在人声喧闹中，我听见堃这样叫着，我点头，摇动手巾，而你们的影子远了。车子已出了城，我只向着那两束花出神，好像你们都躲在花心里，可是当我采下一朵半开的玫瑰细看时，我的幻想被惊破了。哦！我才知道从此我的眼前找不到你们，要找除非到我的心里去。

不知不觉，车子已到了丰台站。推开窗子，漫天涌着朵朵的乌云，那上弦的残月，偶尔从云隙里向外探头，照着荒漠的平原，显出一种死的寂静，我靠窗子看了半晌，觉得秋夜的风十分锐利，吹得全身发颤，连忙关上玻璃窗，躲在长椅上休息，正在有些睡意的时候，忽听见一阵细碎的声音敲在窗上，抬起身子细看了，才知道已经下起雨来，这时车已到天津站了。雨越下越紧，水滴从窗子缝里淌了下来，车厢里满了积水，脚不敢伸下去，只好蜷伏着不动。

在听风听雨的心情中我竟沉沉睡去。天亮时我醒来，知道雨还不曾止，车窗外的天竟墨墨地向下沉，几乎立刻就要被活埋了。唉，亲爱的孩子们！这时我真想回去，同你们在一起唱歌捉迷藏呢！

正在我烦躁极了的时候，忽然车子又停住了。伸头向外看看正是连山车站，我便约了同行的朋友，到饭车去吃些东西，一顿饭吃完了，而车子还没有开走的消息，我们正在猜疑，忽又遇见一个朋友，从头等车那面走来，我们谈起，才知道前面女儿河的桥被大水冲坏了，车子开不过去，据他说也许隔几个钟头便可修好，因此我们只好闷坐着等，可恨雨仍不止，便连到站台上散散步都办不到，而且车厢里非常潮湿，一群群的苍蝇像造反般飞旋。同时厕所里一阵阵的臭味，熏得人作呕——而最可恼的是你们送我的那些鲜花，也都低垂了头，憔悴地望着我。

夜里八点了，仍然没有开车的消息，雨呢！一阵密一阵稀地下着，全车上的人，都无精打采地在打盹，忽然听见呜呜的汽笛声，跟着从东北开来一辆火车，到站停住，我们以为前面断桥已经修好，都不禁喜形于色，热望开车，哪晓得这时忽跳上几个铁路的路警和护车的兵士来，他们满身淋得水鸡似的，一个身材高高、年纪很轻的兵自言自语的道："他妈的，差点没干了，好家伙，这群胡子，够玩的，要不仗了水深，他们早追上来了，吓，乒乓开了几十枪！……"

"怎么，没有受伤吗?"一个胖子护车警察接着问。

"还好！没有受伤的，唉，他妈的，我们就没敢开枪，也顾不得开车的牌子，拨转车头就跑回来了。"那高身材的兵说。

这个没头没脑的消息，多么使人可怕，全车的人，脸上都变了颜色，这二等车上有从北戴河上来的外国女人。她们听说胡子，不知是什么东西，也许她们是想到那戏台上所看见披红胡子的花脸了吗？于是一阵破竹般的笑声，打破了车厢里的沉闷空气。

后来经一个中国女医生，把这胡子的可怕告诉她们，立刻，她们耸了一耸肩皱皱眉头，沉默了！

车上的客人们，全为了这件事纷纷议论，才知道适才那车辆是从山海关开来的，车上有几箱现款，被胡子探听到了，所以来抢车，那些胡子都在陈家屯高粱地里埋伏着。只是这时山水大涨，高粱地上水深三尺多，这些胡子都伏在水里，因此走得慢，不然把车子包围了，两下里免不了要开火，那就要苦了车上的客人，所以只好掉头跑回来了。现在这辆车也停在连山站，就是退回去都休想了，因为上一刻绥中县也被大水冲了，因此只好都在连山过夜，连山是个小站，买东西极不方便，饭车上的饭也没有多少了，这些事情都不免使客人们着急。

夜里车上的电灯都熄了，所有的路警护车兵都调到站外驻扎去了。满车乌黑，而且窗外狂风虎吼般的吹着，睡也不能入梦，不睡却苦无法消遣，真窘极了。好容易挨到村外的鸡唱五更，东方有些发白了，心才稍稍安定——亲爱的小鸟儿们！我想你们看到这里也正为我担着心呢，不是吗？

我们车上，女客很少，除了几个外国女人外，还有两个年轻的姑娘，一个姓唐的，是比你们稍微大些，可是比你们像是懂事。她是一个温柔沉默的女孩，这次为了哥哥娶嫂嫂，同父亲回奉天参加典礼的。另外的那一个姓李，她是女子大学的学生，这次回家看她的母亲，并且曾打电报给家里，派人来接，因此她最焦急——怕她倚闾盼望的母亲担心，她一直愁容满面的呆坐着。亲爱的孩子们！我同那两个年轻的姑娘，在连山站的站台上，散着步时，我是深切地想到你们，假如在这苦闷的旅途里，有了你们的笑声歌声，我一定要快乐得多！而现在呢，我也是苦恼地皱着眉头。

中午到了，太阳偶尔从云缝里透出光来，我的朋友铁君他忽走来说道："恐怕这车一时开不成，吃饭睡觉都不方便。"约我们到离这里不远的高桥镇去，那里他有一个朋友，在师范学校做教务主任。真的，这车上太闷人，所以我就决定去了。

到了高桥镇，小小的几间破烂瓦房，原来就是车站的办公室了。走过一条肮脏的小泥路，忽见面前河水涟漪，除变成有翅翼的小天使，是没法过去的。后来一个乡下人，赶着一辆骡车来了，骡车你们大约都没有看见过吧？用木头做成轿子形的一个车厢，下面装上两个轮子，用一头骡子拖着走，这种车子，是从前清朝的时候，王公大人常坐的。可是太不舒服了，不但脚伸不直，而且时时要挨暴栗——因为车子四周围都是硬木头做成的，车轮也是木头的，走在那坑陷不平的道路上，一颠一簸的，使坐在车里的人，一不小心，头上就碰起几个疙瘩来。

那个赶车的乡下人对我们说："坐我的车子过去吧！"

"你拖我们到师范学校要多少钱？"我的朋友们问。

"一块半钱吧！"车夫说。

"怎么那么贵？"我们说。

"先生！你不知道这路多难走呢，这样吧，干脆你给一块钱好咧！"

"好，可是你要拖得稳！"

我们把东西先放到车上，然后我坐在车厢最里面，那两个朋友一个坐在外面，一个坐在右车沿上，赶车的坐在左车沿，他一声"吁，嘚"，骡子开始前进了，走不到几步，那积水越发深了，骡子的四条腿都淹没在水里，车厢歪在一边，我的心吓得怦怦跳，如果稍稍再歪一些，那车厢一定要翻过来扣在水里，这是多么险呀！

这时候车夫用蛮劲打那骡，打得那骡子左闪右避，脚踝上淌着鲜血，真叫我不忍心，连忙禁止车夫不许打，我们想了方法，先叫一个乡下人把两位朋友背过河去，然后再把东西拿出来，车子轻了，骡子才用劲一跳，离开了那陷坑，我才算脱了险。

下了车子，一脚就踏进黄泥旋里去，一双白皮鞋立刻染成淡黄色的了。而且水都渗进鞋里去，满脚都觉得湿漉漉的，非常不舒服，颠颠簸簸，最后走到了师范学校了，可是我真不好意思进去，一双水泥鞋若被人看见了，简直非红脸不可。亲爱的小鸟儿们！假使你们看见了我这副形象，我想你们一定要好笑，可是你们同时也一定替我找双干净的鞋袜换上。现在呢！我只有让它湿着。因为箱子没有拿来，也无处找干净鞋子，只把袜子换了，坐在椅子上等鞋干。

这个学校房屋破旧极了，而且又因连日的大雨，墙也新塌了几座，不过这里的王先生待我们很忠实，心里也就大满意了。我们分住在几间有雨漏的房子里，把东西放下后，王先生请我们到馆子里去吃饭，可是我们走到所谓的大街上，原来是一条长不到十丈、阔不满一丈的小土道，在道旁有一家饭馆，也就是这镇上唯一的大店了，我们坐下喝了一杯满是咸涩味儿的茶，点起菜来除了猪肉就是羊肉，我被这些肉装满了肚子，回来时竟胃疼起来了。

到了晚上，没有电灯，只好点起洋蜡头来，正想睡觉，忽听见远处哨子的响声，那令人丧胆的胡匪影子，又逼真地涌上我的心头，这一夜我半睁着眼挨到天亮。

一天一天像囚犯坐监般地过去，也竟挨过十天了。这时忽得到有车子开回北平的消息，虽然我们不愿意折回去，可是通辽宁的车也不知什么时候才能开。没有办法，只好预备先回天津，从天津再乘船到日本去吧！

夜半从梦里醒来，半天空正下着倾盆的大雨，第二天清晨看见院子里积了一二尺深的水，叫人到车站问今天几点钟有车，谁知那人回来说，轨道又被昨夜的大雨冲坏了——我们只得把已经打好的行李再打开，苦闷地等，足足又等了三天才上了火车，一路走过营盘、绥中等处，轨道都只用沙石暂垫起来的，所以车子走得像一条受了伤的虫子一般慢。挨到山海关时，车子停下来时，前途又发生了风波，车站上人声乱哄哄，有的说这车不往南开了。问他为什么不开，他支支吾吾的更叫人疑心，我们也推测不出其中的奥妙。后来隐约听见有人在低声地说："关里兵变，所以今夜这车不能开。"过了半点钟光景，我的朋友铁君又得了一个消息说："兵变的事，完全是谣言，车子立刻就开了！"

果然不久车子便动起来，第二天九点钟到了天津，在天津住了几天，又坐船到日本……呵！亲爱的孩子们，你们再想不到我又回到天津了吧！按理我应当再到北平和你们玩玩，不过我竟因了许多困难不能如愿——而且直到今天我才得工夫，把这一段艰辛的旅途告诉你们。亲爱的小鸟儿们，我想在这两年中，你们一定都长高了，但我愿你们还保持着从前那种纯真的心！

夜的奇迹

我不怕人们的冷嘲，

也不怕泪泉有干枯的时候。

愧

　　在整理旧稿时，发现了一个孩子给我的信，那是一颗如水晶般透明的心，热诚地贡献给我，而且这个孩子，正走到满是荆棘的园地里，家庭使他受苦，社会又使他惶惑，他那颗稚嫩的心，便开始受伤，隐隐地滴血，正在这时候，他抓住了我，叫道："老师！你领导我呀，你给我些止血的圣药呀！"唉，伟大这霎时间，在我心灵中闪光，我觉得我的确充实着力量，而且我很愿意，摧毁一切的虚伪，一样的把我赤裸裸的心，贡献于他，于是两颗无疵无瑕的心，携着手，互相地抚摸安慰。

　　但恶魔从暗陬里闪了进来，把我灵宫中，昙花一现的神光遮蔽了，在渐积的世故人情的威权下，我忽略了那孩子所贡献给我的心，他是那样饥饿的盼望我的救助，而我只是淡淡地对他一瞥便躲开了。

残酷的流年，变迁了一切，这颗孩子的心，恐也不免被渐积的世故人情所污染，这自然未必都是我的错，可是在事隔五年的今天，翻出那孩子所给我心的供状，我的脸不禁火般地灼热：我的心难免颤抖，呵，我怎能避免良心的鞭策？

而且就是如今，我仍继续着，干这残忍的勾当，我不能如我想象般应付那些透明孩子的心，当她们将纯洁的心泪，流向我面前时，只有我受恩惠，因为在那一霎时，我真烛见无掩无饰的人生，而我又给她们些什么呢？

惭愧，我对于一切的孩子的心抱愧，在这谲诡奸诈的社会里，孩子们从所谓教育家那里所能得到，仅是一些龌龊的人世经验，唉，这个世界上只有孩子才配称得起人们之师吧！

灵魂可以卖吗？

荷姑是我的邻居张诚的女儿，她从十五岁上，就在城里那所大棉纱工厂里，做一个纺纱的女工，现在已经四年了。

当夏天熹微的晨光，笼罩着万物的时候，那铿锵悠扬的工厂开门的钟声，常常唤醒这城里居民的晓梦，告诉工人们做工的时间到了。那时我推开临街的玻璃窗，向外张望，必定看见荷姑拿着一个小盒子，里边装着几块烧饼，或是还有两片卤肉——这就是工厂里的午饭，从这里匆匆地走过，我常喜欢看着她，她也时常注视我，所以我们总算是一个相识的朋友呢！

初时我和她遇见的时候，只不过彼此对望着，仅在这

173

两双视线里，打个照会。后来日子长了，我们也更熟悉了，不像从前那种拘束冷淡了；每次遇见的时候，彼此都含着温和的微笑，表示我们无限的情意。

今天我照常推开窗户，向下看去，荷姑推开柴门，匆匆地向这边来了，她来我的窗下，便停住了，满脸露着很愁闷和怀疑的神气，仰着头，含着乞求的眼神颤巍巍地道："你愿意帮助我吧？"说完俯下头去，静等我的回答，我虽不知道她要我帮助她做什么，但是我的确很愿意尽我的力量帮助她，我更不忍看她那可怜的状态，我竟顾不得思索，急忙地应道："能够！能够！凡是你所要我做的事，我都愿意帮助你！"

"呵！谢上帝！你肯帮助我了！"荷姑极诚恳地这么说着，眼睛里露出欣悦的光彩来，那两颊温和的笑痕，在我的灵魂里，又增了一层更深的印象，甜美，神秘，使人永远不易忘记呢！过了些时，她又对我说："今天下午六点钟的时候，我们再会吧！现在我还须到工厂里去。"我也说道："再会吧！"她便回转身子，匆匆地向工厂的那条路上去了。

荷姑走了！连影子都看不见了！但是我还怔怔地俯在窗子上，回想她那种可怜的神情，不禁使我生出一种神秘微妙的情感，和激昂慷慨的壮气；我觉得世界上可怜的人实在太多，但是像荷姑那种委屈沉痛的可怜，我还是第一次看见呢！她现在要求我帮助她，我的能力大约总有胜过她的，这是上帝给我为善的机会，实在是很难得而可贵的机会！我应当怎样地利用呵！

我决定帮助她了！那么我所帮助她的，必要使她满足，所以我现在应该预备了。她若果和我借钱，我一定尽我所有的帮助她；她若是有一种大需要，我直接不能给她，也要和母亲商量把我下月应得的费用，一齐给她，一定使她满足她所需要的。人们生活在世界上，缺乏金钱，实在是不幸的运命呢！但是能济人之急，才是人类互助的精神，可贵的德行！我有绝大的自尊心，不愿意做个自私自利的动物，我不住地这么想，我豪侠的壮气，也不住地增加，恨不得荷姑立刻就来，我不要她向我乞求，便把我所有的钱，好好地递给她，使她可以少受些疑难和愁虑的苦！

自从荷姑走后，我心里没有一刻宁帖，那一股勇于为善的壮气，直使我的心容留不下，时时流露在我的行动里，说话的声音特别沉着，走路都不像平日了。今天的我仿佛是古时候的虬髯客和红拂那一流的人。"气概不可一世"。

今天的日子，过得特别慢，往日那太阳射在棉纱厂的烟筒尖上，是很容易的事情，可是今天，我至少总有十几次，从这窗外看过去，日影总没到那里，现在还差一寸呢！

"呵！那烟筒的尖上，现在不是射着太阳，放出闪烁的光来吗？荷姑就要来了！"我俯在窗子上，不禁喜欢得自言自语起来。

远远地一队工人，从工厂里络绎着出来了；他们有的向南边的大街上去；有的到东边那广场里去，顷刻间便都散尽了。但是荷姑还不见出来，我急切地盼望着，又过了些时，那工厂的大铁门，才又"呀"的一声开了，荷姑忙忙地往我们这条胡同里来，她脸上满了汗珠，好似雨点般滴下来，两颊红得真像胭脂，头筋一根根从皮肤里隐隐地印出来，表示那工厂里恶浊的空气，和疲劳的压迫。

她渐渐地走近了，我们的视线彼此接触上了。她微微地笑着走到我的书房里来，我等不得和她说什么话，我便跑到卧室里，把那早已预备好的一包钱，送到荷姑面前，很高兴地向她说："你拿回去吧！若果还有需用，我更想法子帮助你！"

荷姑起先似乎很不明白地向我凝视着，后来她忽叹了一口气，冷笑道："世界上应该还有比钱更为需要的东西吧！"

我真不明白，也没有想到，荷姑为什么竟有这种出人意料的情形？但是我不能不后悔，我未曾料到她的需要，就造次把含侮辱人类的金钱，也可以说是万恶的金钱给她，

176

竟致刺激得她感伤，唉！这真是一种极大的羞耻！我的眼睛不敢抬起来了！羞和急的情绪，激成无数的泪水，从我深邃的心里流出来！

我们彼此各自伤心寂静着，好久好久，荷姑才拭干她的眼泪和我说道："我现在要告诉你一件小故事，或者可以说是我四年以来的历史，这个就是我要求你帮助的。"我就点头应许她，以下的话，便是她所告诉我的故事了。

"在四年前，我实在是一个天真活泼的小孩子，现在自然是不像了！但是那时候我在中学预科里念书，无论谁不能想象我会有今天这种沉闷呢！"

荷姑说到这里，不禁叹息流下泪来，我看着她那种凄苦憔悴的神气，怎能不陪着她落下许多同情泪呢？等了许久，荷姑才又继续说：

"日子过得极快，好似闪电一般，这个冰雪森严的冬天，早又回去了，那时我离中学预科毕业期，只有半年了，偏偏我的父亲的旧病，因春天到了，便又发作起来，不能到店里去做事，家境十分困难，我不能不丢弃这张将要到手的毕业文凭，回到家里侍奉父亲的病！当然我不能不灰心！但是这还算不得什么，因为慈爱的父母和弟妹，可以给我许多安慰。不过没有几天，我的叔叔便托人替我荐到那所绝大的棉纱厂里做女工，一个月也有十几块钱的进项。

于是我便不能不离开我的父母弟妹，去做工了，幸亏这时我父亲的病差不多快好了，我还不至于十分不放心。

"走到工厂临近的那条街上，早就听见轧轧隆隆的声音，这种声音，实含着残忍和使人厌憎的意思，足以给人一种极大不快的刺激，更有那乌黑的煤烟和污腻的油气，更加使人头目昏胀！

"我第一天进这工厂的门，看见四面黯淡的神气，实在忍耐不住，但是这些新奇的境地，和庞大的机器，却能使我的思想轮子，不住地转动，细察这些机器的装置和应用，实在不能说没有一点兴趣呢！过了几天，我被编入纺纱的那一队里。那个纺车的装置和转动，我开始学习，也很要用我的脑力，去领会和记忆，所以那时候，我仍不失为一个有活泼思想的人，常常从那油光的大铜片上，映出我两颊微笑的窝痕。

"那一年春天，很随便地过去了！所有鲜红的桃花托上，那时不是托着桃花，是托着嫩绿带毛的小桃子，榆树的残花落了一地，那叶子却长得非常茂盛，遮蔽着那灼人肌肤的太阳，竟是一个天然的凉篷。所有春天的燕子、杜鹃、黄莺儿，也都躲到别处去了，这一切新鲜夏天的景致，本来很容易给人们一种新刺激和新趣味。但是在那工厂里的人，实在得不到这种机会呢！

"我每天早晨，一定的时间到工厂里去，没有别的爽快的事情和希望，只是每次见你俯在窗子上，微笑着招呼，那便是我一天里最快活的事情了！除了这件，便是那疾徐高低永没变更过一次的轧轧隆隆的机器声，充满了我的两耳和心灵，和永远用一定规矩去转动那纺车，这便是我每天的工作了！我的工作实在使我厌烦，有时我看见别的工人打铁，我便有一个极热烈的愿望，就是要想把那铁锤放在我的手中，拿起来试打两下，使那金黄色的火星，格外多些，似乎能使这沉黑的工厂，变光明些。

"有一次我看着刘良站在那铁炉旁边，摸擦那把铁锤子，火星四散，不觉看怔了，竟忘记使纺车转动，忽听见一种严厉的声音道：'唉！'我吓了一跳，抬头只见管纺纱组的工头板着铁青的面孔，恶狠狠地向我道：'这个工作便是你唯一的责任，除此以外，你不应该更想什么；因为工厂里用钱雇你们来，不是叫你运用思想，只是运用你的手足，和机器一样，谋得最大的利益，实在是你们的本分！'

"唉！这些话我当时实在不能完全明白，不过我从那天起，我果然不敢更想什么，渐渐成了习惯，除了谋利和得工资以外，也似乎不能更想什么了！便是离开工厂以后，耳朵还是充满着纺车轧轧的声音，和机器隆隆的声音；脑子里也只有纺车怎样动转的影子，和努力纺纱的念头，别的一切东西，我都觉得仿佛很隔膜的。

"这样过了三四年，我自己也觉得我实在是一副很好的机器，和那纺车似乎没有很大的分别，因为我纺纱不过是手自然的活动，有秩序的旋转，除此更没有别的意义。至于我转动的熟习，可以说是不能再增加了！

"在那年秋天里的一天——八月十号——是工厂开厂的纪念日，放了一天工。我心里觉得十分烦闷，便约了和我同组的一个同伴，到城外去疏散，我们出了城，耳旁顿觉得清静了！天空也是一望无涯的苍碧，不着些微的云雾，只有一阵阵的西风吹着那梧桐叶子，发出一种清脆的音乐来，和那激石潺潺的水声，互相应和。我们来到河边，寂静地站在那里，水里映出两个人影，惊散了无数的游鱼，深深地躲向河底去了。

"我们后来拣到一块白润的石头上坐下了，悄悄地看着水里的树影，上下不住地摇荡，一个乌鸦斜刺里飞过去了。无限幽深的美，充满了我们此刻的灵魂里，细微的思潮，好似游丝般不住地荡漾，许多的往事，久已被工厂里的机器声压没了，现在仿佛大梦初醒，逐渐地浮上心头。

"忽一阵尖利的秋风，吹过那残荷的清香来，五年前一个深刻的印象，从我灵魂深处，渐渐地涌现上来，好似电影片一般的明显：在一个乡野的地方，天上的凉云，好似流水般急驰过去，斜阳射在那蜿蜒的荷花池上，照着荷叶上水珠，晶晶发亮，一个活泼的女学生，围绕着那荷花池，唱着歌儿，这个快乐的旅行，实在是我一生最大的幸福呢！今天的荷花香，正是前五年的荷花香，但是现在的我，绝不是前五年的我了！

"我想到我可亲爱的学伴，更想到放在学校标本室的荷瓣和秋葵，我心里的感动，我真不知道怎样可以形容出来，使你真切地知道！"

荷姑说到这里，喉咙忽咽住了，眼眶里满含着痛泪，望着碧蓝的天空，似乎求上帝帮助她，超拔她似的，其实这实在是她的妄想呵！我这时满心疑云乃越积越厚，忍不住地问荷姑道："你要我帮助的到底是什么呢？"

荷姑被我一问才又往下说她的故事：

"那时我和我的同伴各自默默地沉思着，后来我的同伴忽和我说：'我想我自从进了工厂以后，我便不是我了！唉！我们的灵魂可以卖吗？'呵！这是何等痛心的疑问！我只觉得一阵心酸，愁苦的情绪，乱了我的心，我一句话也回答不出来！停了半天只是自己问着自己道：'灵魂可以卖吗？'除此我不能更说别的了！

"我们为了这个痛心和疑问，都呆呆地瞪视那去而不返的流水，不发一言，忽然从芦苇丛中，跑出四五个活泼的水鸭来，在水里自如地游泳着，捕捉那肥美的水虫充饥，水鸭的自由，便使我们生出一种嫉恨的思想——失了灵魂的工人，还不如水鸭呢！——而这一群恼人的水鸭，也似明白我们的失意，对着我们，作出傲慢得意的高吟，不住'呵，呵！'地叫着，这个我们真不能更忍受了！便急急地离开这境地，回到那尘烟充满的城里去。

"第二天工厂照旧开工，我还是很早地到了工厂里，坐在纺车的旁边，用手不住摇转着，而我目光和思想，却注视在全厂的工人身上，见他们手足的转动，永远是从左向右，他们所站的地方，也永远没有改动分毫，他们工作的熟练，实在是自然极了！当早晨工厂动工钟响的时候，工人便都像机器开了锁，一直不止地工作，等到工厂停工钟响了，他们也像机器上了锁，不再转动了！他们的面色，是黧黑里隐着青黄，眼光都是木强的，便是作了一天的工作，所得的成绩，他们也不见得有什么愉快，只有那发工资的一天，大家脸上是露着凄惨的微笑！

"我渐渐地明白了，我同伴的话实在是不错，这工厂里的工人，实在不只是单卖他们的劳力，他们没有一些思想和出主意的机会——灵魂应享的权利，他们不是卖了他们的灵魂吗？

"但是我永远不敢相信，我的想头是对的，因为灵魂的可贵，实在是无价之宝，这有限的工资便可以买去？或者工人便甘心卖出吗？……'灵魂可以卖吗？'这个绝大的难题，谁能用忠诚平正的心，给我们一个圆满的回答呢？"

荷姑说完这段故事，只是低着头，用手摸弄着她的衣襟，脸上露着十分沉痛的样子，我心里只觉得七上八下地乱跳，更不能说出半句话来，过了些时荷姑才又说道："我所求你帮助我的，就是请你告诉我，灵魂可以卖吗？"

我被她这一问，实在不敢回答，因为这世界上的事情不合理的太多呵！我实在自悔孟浪，为什么不问明白，便应许帮助她呢？现在弄得欲罢不能！我急得眼泪湿透了衣襟，但还是一句话没有，荷姑见我这种为难的情形，不禁叹道："金钱虽是可以帮助无告的穷人，但是失了灵魂的人的苦恼，实在更甚于没有金钱的百倍呢！人们只知道用金钱周济人，而不肯代人赎回比金钱更要紧的灵魂！"

她现在不再说什么了！我更不能说什么了！只有忏悔和羞愧的情绪，激成一种小声浪，责备我道："帮助人呵！用你的勇气回答她呵！灵魂可以卖吗？"

灵魂的伤痕

　　我没有事情的时候，往往喜欢独坐深思，这时我便把我自己站在高高的地方——暂且和那旅馆作别，不轩敞的屋子——矮小的身体——和深闭的窗子——两只懒睁开的眼睛——我远远地望着，觉得也有可留恋的地方，所以我虽然和他是暂别，也不忍离他太远，不过在比较光亮的地方，玩耍些时，也就回来了。

　　有一次我又和我的旅馆分别了，我站在月亮光底下，月亮光的澄澈便照见了我的全灵魂。这时自己很骄傲的，心想我在那矮小旅馆里，住得真够了，我的腰向来没伸直过，我的头向来没抬起来过，我就没有看见完全的我，到底是什么样子，今天夜里我可以伸腰了！我可以抬头了！我可以看见我自己了！月亮就仿佛是反光镜，我站在他的面前，我是透明的，我细细看着月亮中透明，自己十分的得意。后来我忽发现在我的心房的那里，有一个和豆子般的黑点，我不禁吓了一跳，不禁用手去摩，谁知不动还好，越动着这个黑点越大，并且觉得微微发痛了！黑点的扩张竟把月亮遮了一半，在那黑点的圈子里，不很清楚的影片一张一张地过去了，我把我所看见的记下来。

眼前一所学校门口挂着一个木牌，写的是"京都市立高等女学校"。我走进门来，觉得太阳光很强，天气有些燥热，外围的气压，使得我异常沉闷，我到讲堂里看她们上课，有的做刺绣，有的做裁缝，有的做算学，她们十分的忙碌，我十分的不耐烦，我便悄悄地出了课堂的门，独自站在院子里，想借着松林里吹来的风，和绿草送过来的草花香，医医我心头的燥闷。不久下堂了，许多学生站在石阶上，和我同进去的参观的同学也出来了，我们正和她们站个面对面，她们对我们做好奇的观望，我们也不转眼地看着她们。在她们中间，有一个穿着紫色衣裙的学生，走过来和我们谈话，然而她用的是日本语言，我们一句也不能领悟，石阶上她的同学们都拍着手笑了。她羞红了两颊，低头不语，后来竟用手巾拭起泪来，我们满心罩住疑云，狭窄的心，也几乎迸出急泪来！

我们彼此忙忙地过了些时，她忽然蹲在地下，用一块石头子，在土地上写道："我是中国厦门人。"这几个字打到大家眼睛里的时候，都不禁发出一声惊喜，又含着悲哀的叹声来！

那时候我站在那学生的对面，心里似喜似悲的情绪，又勾起我无穷的深思。我想，我这次离开我自己的家乡，到此地来，不是孤寂的，我有许多同伴，我，不是漂泊天涯的客子，我为什么见了她——听说是同乡，我就受了偌大的刺激呢？……但是想是如此想，无奈理性制不住感情。当她告诉我，她在这里，好像海边一只雁那么孤单，我竟为她哭了。她说她想说北京话，而不能说，使她的心急得碎了，我更为她止不住泪了！她又说她的父母现在住在台湾，她自幼就看见台湾不幸的民族的苦况……她知道在那里永没有发展的机会，所以她才留学到此地来……但她不时思念祖国，好像想她的母亲一样，她更想到北京去，只恨没有能力，见了我们增无限的凄楚！她伤心得哭肿了眼睛，我看着她那暗淡的面容，莹莹的泪光，我实在觉得十分刺心，我亦不忍往下看了，也不忍往下听了！我一个人走开了，无意中来到一株姿势苍老的松树底下来。在那树荫下，有一块平滑的白石头，石头旁边有一株血般的红的杜鹃花，正迎风作势；我就坐在石上，对花出神；无奈兴奋的情绪，正好像开了机关的车轮，不绝地旋转。我想到她孤身作客——她也许有很好的朋友，但是不自然的藩篱，已从天地开始，就布置了人间，她和她们能否相容，谁敢回答呵！

她说她父亲现在台湾，使我不禁更想到台湾，我的朋友招治——她是一个台湾人——曾和我说："进了台湾的海口，便失了天赋的自由；若果是有血气的台湾人，一定要为应得的自由而奋起，不至像夜般的消沉！""唉！这话能够细想吗？我没有看见台湾人的血，但是我却看见眼前和血一般的杜鹃花了；我没有听见台湾人的悲啼，我却听见天边的孤雁嘹栗的哀鸣了！"

呵！人心是肉做的。谁禁得起铁锤打，热炎焚呢？我听见我心血的奔腾了，我感到我鼻管的酸辣了！我也觉得热泪是缘两颊流下来了！

天赋我思想的能力，我不能使他不想；天赋我沸腾的热血，我不能使他不沸；天赋我泪泉，我不能使他不流！

呵！热血沸了！

泪泉涌了！

我不怕人们的冷嘲，也不怕泪泉有干枯的时候。

呵！热血不住地沸吧！

泪泉不竭地流吧！

万事都一瞥过去了，只灵魂的伤痕，深深地印着！

那个怯弱的女人

　　我们隔壁的那所房子，已经空了六七天了。当我们每天打开窗子晒阳光时，总有意无意地往隔壁看看。有时我们并且讨论到未来的邻居，自然我们希望有中国人来住，似乎可以壮些胆子，同时也热闹些。

　　在一天的下午，我们正坐在窗前读小说，忽见一个将近三十岁的男子经过我们的窗口，到后边去找那位古铜色面容而身体胖大的女仆说道：

　　"哦！大婶，那所房子每月要多少房租啊？"

　　"先生！你说是那临街的第二家吗？每月十六元。"

　　"是的，十六元，倒不贵，房主人在这里住吗？"

　　"你看那所有着绿顶白色墙的房子，便是房主的家，不过他们现在都出去了。让我引你去看看吧!"

那个男人同着女仆看过以后，便回去了。那女仆经过我们的窗口，我不觉好奇地问道：

"方才租房子的那个男人是谁？日本人吗?"

"哦！是中国人，姓柯……他们夫妇两个……"

"他们已决定搬来吗?"

"是的，他们明天下午就搬来了。"

我不禁向建微笑道："是中国人多好呵？真的，从前在国内时，我不觉得中国人可爱，可是到了这里，我真渴望多看见几个中国人！……"

"对了！我也有这个感想；不知怎么的他们那副轻视的狡猾的眼光，使人看了再也不会舒服。"

"但是，建，那个中国人的样子，也不很可爱呢，尤其是他那噘起的一张嘴唇，和两颊上的横肉，使我有点害怕。倘使是那位温和的陈先生搬来住，又是多么好！建，我真感觉得此地的朋友太少了，是不是?"

"不错！我们这里简直没有什么朋友，不过慢慢的自然就会有的，比如隔壁那家将来一定可以成为我们的朋友！……"

"建，不知他的太太是哪一种人？我希望她和我们谈得来。"

"对了！不知道他的太太又是什么样子？不过明天下午就可以见到了。

说到这里，建依旧用心看他的小说；我呢，只是望着前面绿森森的丛林，幻想这未来的邻居。但是那些太没有事实的根据了，至终也不曾有一个明了的模型在我脑子里。

第二天的下午，他们果然搬来了，汽车夫扛着沉重的箱笼，喘着放在地席上，发出些许的呼声。此外还有两个男人说话和布置东西的声音。但是还不曾听见有女人的声音，我悄悄从竹篱缝里望过去，只看见那个姓柯的男人，身上穿了一件灰色的绒布衬衫，鼻梁上架了一副罗克式的眼镜，额前的头发蓬蓬的盖到眼皮，他不时用手往上梳掠，那嘴唇依然噘着，两颊上一道道的横肉，依然惹人害怕。

"建，奇怪，怎么他的太太还不来呢？"我转回房里对建这样说。建正在看书，似乎不很注意我的话，只"哦"了声道："还没来吗?"

我见建的神气是不愿意我打搅他，便独自走开了。借口晒太阳，我便坐到窗口，正对着隔壁那面的竹篱笆。我只怔怔地盼望柯太太快来。不久，居然看见门前走进一个二十多岁的少妇；穿着一件紫色底子上面有花条的短旗袍，脚上穿的是一双黑色高跟皮鞋，剪了发，向两边分梳着。身子很矮小，脸子也长得平常，不过比柯先生要算强点。

她手里提了一个白花布的包袱，走了进来。她的影子在我眼前掠过去以后，陡然有个很强烈的印象粘在我的脑膜上，一时也抹不掉——这便是她那双不自然的脚峰，和她那种移动呆板直撅的步法，仿佛是一个装着高脚走路的，木硬无生气。这真够使人不痛快。同时在她那脸上，近俗而简单的表情里，证明她只是一个平凡得可以的女人，很难引起谁对她发生什么好感，我这时真是非常的扫兴！

建，他现在放了书走过来了。他含笑说：

"隐，你在思索什么？……隔壁的那个女人来了吗？"

"来是来了，但是呵……"

"但是怎么样？是不是样子很难惹？还是过分的俗不可耐呢？"

我摇头应道："难惹倒不见得，也许还是一个老好人。然而离我的想象太远了，我相信我永不会喜欢她的。真的！建，你相信吗？我有一种可以自傲的本领，我能在见任何人的第一面时，便已料定那人和我将来的友谊是怎样的。我举不出什么了不起的理由；不过最后事实总可以证明我的直觉是对的。"

建听了我的话，不回答什么，只笑笑，仍回到他自己的屋子里去了。

我的心怏怏的，有一点思乡病。我想只要我能回到那些说得来的朋友面前，便满足了。我不需要多认识什么新朋友，邻居与我何干？我再也不愿关心这新来的一对，仿佛那房子还是空着呢！

几天平平安安的日子过去了。大家倒能各自满意。忽然有一天，大约是星期一吧，我因为星期日去看朋友，回来很迟；半夜里肚子疼起来，星期一早晨便没有起床。建为了要买些东西，到市内去了。家里只剩我独自一个，静悄悄地正是好睡。陡然一个大闹声，把我从梦里惊醒，竟自出了一身冷汗。我正在心跳着呢，那闹声又起来了。先是砰唧砰唧地响，仿佛两个东西在扑跌；后来就听见一个人被捶击的声音，同时有女人尖锐的哭喊声：

"哎唷！你打死人了！打死人了！"

呀！这是怎样可怕的一个暴动呢？我的心更跳得急，汗珠儿沿着两颊流下来，全身打颤。我想，"打……打死人了！"唉！这是多么严重的事情！然而我没有胆量目击这个野蛮的举动。但隔壁女人的哭喊声更加凄厉了。怎么办呢？我听出是那个柯先生在打他矮小的妻了。不问谁是有理，但是女人总打不过男人；我不觉有些愤怒了。大声叫道："野蛮的东西！住手！在这里打女人，太不顾国家体面了呀！……"但是他们的打闹哭喊声竟压过我这微弱的呼喊。我正在想从被里跳起来的时候，建正好回来了。我便叫道：

"隔壁在打架，你快去看看吧！"建一面踌躇，一面自言自语道："这算是干什么的呢？"我不理他，又接着催道："你快去呀！你听，那女人又在哭喊'打死人了！……'。"建被我再三催促，只得应道："我到后面找那个女仆一同去吧！我也是奈何不了他们。"

不久就听见那个老女仆的声音道："柯样！这是为什么？不能，不能，你不可以这样打你的太太！"捶击的声音停了，只有那女人呜咽悲凉的高声哭着。后来仿佛听见建在劝解柯先生——叫柯先生到外面散散步去——他们两人走了。那女人依然不住声地哭。这时那女仆走到我们这边来了，她满面不平地道："柯样不对！……他的太太真可怜！……你们中国也是随便打自己的妻子吗？"

"不！"我含羞地说道，"这不是中国上等人能作出来的行为，他大约是疯子吧！"老女仆叹息着走了。

隔壁的哭声依然继续着，使得我又烦躁又苦闷。掀开棉被，坐起来，披上一件大衣，把头发拢拢，就跑到隔壁去。只见那位柯太太睡在四铺地席的屋里，身上盖着一床红绿道的花棉被，两泪交流的哭着。我坐在她身旁劝道："柯太太，不要伤心了！你们夫妻间有什么不了的事呢？"

"哎唷！黄样，你不知道，我真是一个苦命的人呵！我的历史太悲惨了，你们是写小说的人，请你们替我写写。

哎！我是被人骗了哟！"

她无头无尾地说了这一套，我简直如堕入五里雾中，只怔怔地望着她，后来我就问她道：

"难道你家里没有人吗？怎么他们不给你作主？"

"唉！黄样，我家里有父亲，母亲，还有哥哥嫂嫂，人是很多的。不过这其中有一个缘故，就是我小的时候我父亲替我定下了亲，那是我们县里一个土财主的独子。他有钱，又是独子，所以他的父母不免太纵容了他，从小就不好生读书，到大了更是吃喝嫖赌不成材料。那时候我正在中学读书，知识一天一天开了。渐渐对于这种婚姻不满意。到我中学毕业的时候，我就打算到外面来升学。同时我非常不满意我的婚姻，要请求取消婚约。而我父亲认为这个婚姻对于我是很幸福的，就极力反对。后来我的两个堂房侄儿，他们都是受过新思潮洗礼的，对于我这种提议倒非常表同情。并且答应帮助我，不久他们到日本来留学，我也就随后来了。那时日本的生活，比现在低得多，所以他们每月帮我三四十块钱，我倒也能安心读书。

"但是不久我的两个侄儿都不在东京了。一个回国服务，一个到九洲进学校去了。只剩下我一个人在东京，那时我是住在女生寄宿舍里。当我侄儿临走的时候，他便托付了一位同乡照应我，就是柯先生，所以我们便常常见面，并且我有什么疑难事，总是去请教他，请他帮忙。而他也非常殷勤地照顾我。唉！黄样！你想我一个天真烂漫的女孩，哪里有什么经验？哪里猜到人心是那样险诈？……

"在我们认识了几个月之后，一天，他到寄宿舍来看我，并且约我到井之头公园去玩。我想同个朋友出去逛逛公园，也是很平常的事，没有理由拒绝人家，所以我就和他同去了。我们在井之头公园的森林里的长椅上坐下，那里是非常寂静，没有什么游人来往，而柯先生就在这种时候开始向我表示他对我的爱情——唉！说的那些肉麻话，到现在想来，真要脸红。但在那个时候，我纯洁的童心里是分辨不出什么的，只觉得承他这样的热爱，是应当有所还报的。当他要求和我接吻时，我就对他说："我一个人跑到日本来读书，现在学业还没有成就，哪能提到婚姻上去？即使要提到这个问题，也还要我慢慢想一想；就是你，也应当仔细思索思索。"他听了这话，就说道："我们认识已经半年了，我认为对你已十分了解，难道你还不了解我吗？……"那时他仍然要求和我接吻，我说你一定要吻就吻我的手吧；而他还是坚持不肯。唉，你想我一个弱女子，怎么强得过他，最后是被他占了胜利，从此以后，他向我追求得更加厉害。又过了几天，他约我到日光去看瀑布，我就问他："当天可以回来吗？"他说："可以的。"因此我毫不迟疑的便同他去了。谁知在日光玩到将近黄昏时，他还是不肯回来，看看天都快黑了，他才说："现在已没有火车了，我们只好在这里过夜了！"我当时不免埋怨他，但他却作出种种哀求可怜的样子，并且说："倘使我再拒绝他的爱，他立即跳下瀑布去。"唉！这些恐吓欺骗的话，当时我都认为是爱情的保障，后来我就说："我就算答应你，也应当经过正当的手续呵！"他于是就发表他对于婚姻制度的意见，极力毁诋婚姻制度的坏习，结局他就提议我们只要两情相爱，随时可以共同生活。我就说："倘使你将来负了我呢？"他听了这话立即发誓赌咒，并且还要到铁铺里去买两把钢刀，各人拿一把，倘使将来谁背叛了爱情，就用这刀取掉谁的生命。我见这种信誓旦旦的热烈情形，简直不能再有所反对了，我就说："只要你是真心爱我，那倒用不着耍刀弄枪的，不必买了吧！"他说："只要你允许了我，我就一切遵命。"

"这一夜我们就找了一家旅馆住下，在那里我们私自结了婚。我处女的尊严，和未来的光明，就在沉醉的一刹那中失掉了。"

"唉！黄样……"

柯太太述说到这里，又禁不住哭了。她呜咽着说："从那夜以后，我便在泪中过日子了！因为当我同他从日光回来的时候，他仍叫我回女生寄宿舍去，我就反对他说：'那不能够，我们既已结了婚，我就不能再回寄宿舍去过那含愧疚心的生活。'他听了这话，就变了脸说：'你知道我只是一个学生，虽然每月有七八十元的官费，但我还须供给我兄弟的费用。'在这种情形之下，我不免气愤道：'柯泰南，你是个男子汉，娶了妻子能不负养活的责任吗？当时求婚的时候，你不是说我以后的一切事都由你负责吗？'他被我问得无言可答，便拿起帽子走了，一去三四天不回来，后来由他的朋友出来调停，才约定在他没有毕业的时期，我们的家庭经济由两方彼此分担——在那时节我侄儿还每月寄钱来，所以我也就应允了。在这种条件之下，我们便组织了家庭。唉！这只是变形的人间地狱呵，在我们私自结婚的三个月后，我家里知道这事，就写信给我，叫我和柯泰南非履行结婚的手续不可。同时又寄了一笔款作为结婚时的费用；由我的侄儿亲自来和柯办交涉。柯被迫无法，才勉强行过结婚礼。在这事发生以后，他对我更坏了。先是骂，后来便打起来了。哎！我头一个小孩怎么死的呵？就是因为在我怀孕八个月的时候，他把我打掉了的。现在我又已怀孕两个月了，他又是这样将我毒打。你看我手臂上的伤痕！"

柯太太说到这里，果然将那紫红的手臂伸给我看。我禁不住一阵心酸，也陪她哭起来。而她还在继续地说道："唉！还有多少的苦楚，我实在没心肠细说。你们看了今天的情形，也可以推想到的。总之，柯泰南的心太毒，到现在我才明白了，他并不是真心想同我结婚，只不过拿我要要罢了！"

"既是这样，你何以不自己想办法呢？"我这样对她说了。

她哭道："可怜我自己一个钱也没有！"

我就更进一步地对她说道："你是不是真觉得这种生活再不能维持下去？"

她说："你想他这种狠毒，我又怎么能和他相处到老？"

"那么，我可要说一句不客气的话了，"我说，"你既是在国内受过相当的教育，自谋生计当然也不是绝对不可能，你就应当为了你自身的幸福，和中国女权的前途，具绝大的勇气，和这恶魔的环境奋斗，干脆找个出路。"

她似乎被我的话感动了，她说："是的，我也这样想过，我还有一个堂房的姊姊，她在京都，我想明天先到京都去，然后再和柯泰南慢慢的说话！"

我握住她的手道："对了！你这个办法很好！在现在的时代，一个受教育有自活能力的女人，再去忍受从前那种无可奈何的侮辱,那真太没出息了。我想你也不是没有思想的女人,纵使离婚又有什么关系?倘使你是决定了,有什么用着我帮忙的地方,我当尽力!……"

说到这里,建和柯泰南由外面散步回来了。我不便再说下去,就告辞走了。

这一天下午,我看见柯太太独自出去了,直到深夜才回来。第二天我趁柯泰南不在家时,走过去看她,果然看见地席上摆着捆好的行李和箱笼,我就问道:"你吃了饭吗?"

她说:"吃过了,早晨剩的一碗粥,我随便吃了几口。唉!气得我也不想吃什么!"

我说:"你也用不着自己戕贱身体,好好地实行你的主张便是了。你几时走?"

她正伏在桌上写行李上的小牌子,听见我问她,便抬头答道:"我打算明天乘早车走!"

"你有路费吗?"我问她。

"有了,从这里到京都用不了多少钱,我身上还有十来块钱。"

"希望你此后好好努力自己的事业,开辟一个新前途,并希望我们能常通消息。"我对她说到这里,只见有一个男人来找她——那是柯泰南的朋友,他听见他们夫妻决裂,特来慰问的。我知道再在那里不便，就辞了回来。

第二天我同建去看一个朋友，回来的时候，已经下午七点了。走过隔壁房子的门外，忽听有四五个人在谈话，而那个捆好了行李，决定今早到京都去的柯太太，也还是谈话会中之一员。我不免低声对建说："奇怪，她今天怎么又不走了？"

建说："一定他们又讲和了！"

"我可不能相信有这样的事！并不是两个小孩子吵一顿嘴，隔了会儿又好了！"我反对建的话。但是建冷笑道："女孩儿有什么胆量？有什么独立性？并且说实在话，男人离婚再结婚还可以找到很好的女子，女人要是离婚再嫁可就难了！"

建的话何尝不是实情，不过当时我总不服气，我说："从前也许是这样，可是现在的时代不是从前的时代呵！纵使一辈子独身，也没有什么关系，总强似受这种的活罪。哼！我不瞒你说，要是我，宁愿给人家去当一个用人，却不甘心受他的这种凌辱而求得一碗饭吃。"

"你是一个例外；倘使她也像你这么有志气，也不至于被人那样欺负了。"

"得了，不说吧！"我拦住建的话道，"我们且去听听他们开的什么谈判。"

似乎是柯先生的声音，说道："要叫我想办法，第一种就是我们干脆离婚。第二种就是她暂时回国去；每月生活费，由我寄日金廿元，直到她分娩两个月以后为止。至于以后的问题，到那时候再从长计议。第三种就是仍旧维持现在的样子，同住下去，不过有一个条件，我的经济状况只是如此，我不能有丰富的供给，因此她不许和我麻烦。这三种办法随她选一种好了。"

但是没有听见柯太太回答什么，都是另外诸个男人的声音，说道："离婚这种办法，我认为你们还不到这地步。照我的意思，还是第二种比较稳当些。因为现在你们的感情虽不好，也许将来会好，所以暂时隔离，未尝没有益处，不知柯太太的意思以为怎样？……"

"你们既然这样说，我就先回国好了。只是盘费至少要一百多块钱才能到家，这要他替我筹出来。"

这是柯太太的声音，我不禁哎了一声。建接着说："是不是女人没有独立性？她现在是让步了，也许将来更让一步，依旧含着苦痛生活下去呢！……"

我也不敢多说什么了，因为我也实在不敢相信柯太太作得出非常的举动来，我只得自己解嘲道："管他三七二十一，真是吹皱一池春水，干卿底事？……我们去睡了吧。"

他们的谈判直到夜深才散。第二天我见着柯太太，我真有些气不过，不免讥讽她道："怎么昨天没有走成呢？柯太太，我还认为你已到了京都呢！"她被我这么一问，不免红着脸说："我已定规月底走！……"

"哦，月底走！对了，一切的事情都得慢慢的预备，是不是？"她真羞得抬不起头来，我心想饶了她吧，这只是一个怯弱的女人罢了。

果然建的话真应验了，已经过了两个多月，她还依然没走。"唉！这种女性！"我最后发出这样叹息了，建却含着胜利的笑……

秋风秋雨愁煞人

　　凌峰独乘着一叶小舟，在霞光璀璨的清晨里——淡雾仿若轻烟，笼住湖水与岗峦，氤氲的岫云，懒散地布在山谷里。远处翠翠隐隐，紫雾漫漫，这时意兴十分潇洒。舟子摇着双桨，低唱小调，这船已荡向芦荻丛旁。凌峰站在船头，举目四望，一片红蓼，几丛碧苇，眼底收尽秋色。她吩咐舟子将船拢了岸，踏着细草，悄悄前进走过一箭多路。忽听长空雁唳，仰头一看，霞光无彩，雾氛匿迹，云高气爽，北雁南飞，正是"一年容易又秋风"，她怔怔倚着孤梧悲叹。

　　许多游山的人，在对面高峰上唱着陇头水曲，音调悲凉。她黯然危立，忽见树林里有一座孤坟，在孤坟的四围满是霜后的枫叶，鲜红比血，照眼生辉。树梢头哀蝉穷嘶，似诉将要僵伏的悲愁，促织儿在草底若歌若泣。她在这冷峭的秋色秋声中，忽想起五年前曾在此地低吟"秋风秋雨愁煞人"！

她不由自主地向那孤坟走去，只见坟旁竖着残碑断碣，青苔斑斓，字迹模糊，从地上捡了一块瓦片，将青苔刮尽才露出几个字是"女烈士秋瑾之墓"。

"哦！女英雄。"她轻轻低呼着！已觉心潮激涌，这黄土垄中，深埋着虽是已腐化的枯骨，但是十几年前却是一个美妙的女英雄。那夜微冷的西风，吹拂着庭前松柯，发出凄厉的涛歌，沙沙的秋雨，滴在梧桐叶上。她正坐在窗下，凄影独吊，忽见门帘一动，进来一个英风满面的女子，神色露着张皇，急将桌上洋灯吹灭，低声道："凌妹真险，请你领我从你家后花园门出去，迟了他们必追踪前来。"凌峰莫名其妙地张皇着！她们冒雨走过花园的石子路，向北转，已看见竹篱外的后门了。凌峰开了后门，把她送出去，连忙关上跑到屋里。还不曾坐稳，已听见前面门口有人打门！她勉强镇定了，看看房里母亲，已经睡了，父亲还没有回来，壁上的时计正指在十点。看门的老王进来说："外面有两个侦探要见老爷，我回他老爷没在家，他说刚才仿佛看见一个女人进了咱们的家门，那是一个革命党，如果在这里，须立刻把她交出来，不然咱们都得受连累。"凌峰道："你告诉他并没有人进来，也许他看错了，不信请他进来搜好了。"

母亲已在梦中惊醒，因问道："什么事？"老王把前头的话照样的回了母亲。仿佛已经料到是什么事了，因推枕起来道："快到隔壁叫李家少爷来……半夜三更倘或闹出事来还了得。"老王忙忙把李家少爷请来，母亲托他和那两个侦探交涉……这可怕的搅骚才幸免了。

凌峰背着人悄悄将适才的事告诉了母亲，母亲不禁叹道："你姑爹姑妈死得早，可怜剩下她一个孤女……又是生来气性高傲，喜打抱不平，现在竟做了革命党，哎！若果有什么意外发生怎么办？"说着不禁垂下泪来……十二点多钟凌峰的父亲回来了，听知这消息也是一夜担心，昨夜风雨中不知她躲在什么地方去？……惊惧的云幔一直遮蔽着凌峰的一家。

过了几天忽从邮局送来一封信，正是秋瑾的笔迹。凌峰的父亲忙忙展读道：

舅父母大人尊前：

囊夜自府上逃出，正风雨交作，泥泞道上，仓皇奔驰，满拟即乘晚车北去引避，不料官网密密，卒陷其中，甫到车站，已遭逮捕，虽未经宣布罪状，而前途凶多吉少，则可预臆也。但甥自幼孤露，命运厄塞，又际国家多事，满目疮痍，危神州之陆沉，何惜性命！以身许国甥志早决矣。虽刀锯斧钺之加，不变斯衷，念皇皇华胄，又摧残于腥膻之满人手中，谁能不冲发裂眦，以求涤雪光复耶？甥不揣愚鄙，窃慕良玉木兰之高行，妄思有以报国，乃不幸而终罹法网，此亦命也。但望革命克成，虽死犹生，又复何憾？唯夙蒙舅父母爱怜，时予训迪，得有今日，罔极深恩，未报万一，一旦溘逝，未免遗恨耳！别矣！别矣！临楮凄惶，不知所云。肃叩福安！

甥女秋瑾再拜

自从这消息传来以后，母亲整整哭了一夜，第二天父亲到处去托人求情，但朝廷这时最忌党人，虽是女流也不轻赦。等到七天以后，就要绑到法场行刑。父亲不敢把这惊人的信息告诉母亲，只说已托人求情，或者有救。母亲每日在佛堂念佛，求菩萨慈悲，保佑这可怜的甥女。

这几天秋雨连绵，秋风瑟瑟，秋瑾被关在重牢里，手脚都上着镣铐，日夜受尽荼毒，十分苦楚，脸上早已惨白，没有颜色。她坐在墙犄角里，对着那铁窗的风雨，怔怔注视。后来她黯然吟道："秋风秋雨愁煞人！"念完这诗句之后，她紧紧闭上眼睛，有时想到死的可怕，但是她最终傲然地笑了。如果因为她的牺牲，能助革命成功，这死是重于泰山，还有比这个更好的死法吗？她想到这里，不但不怕死，且盼死期的来临，鲜红的心血，仿佛是菩萨瓶中的甘露，它能救一切的生灵，僵卧断头台旁的死尸，是使人长久纪念的，伟大而隽永……

行刑的头一天，她的舅父托了许多人情，要会她一面，但只能在铁栏的空隙处看一看，并且时间不得过五分钟。秋瑾这时脸色已变得青黄，两只眼球突出，十分惨厉可怕。她舅父从铁栏里伸进手来，握住她那铁镣银铛的手，禁不住流下泪来。秋瑾怔怔凝注他的脸，眼睛里的血，一行行流在两颊上，她惨笑，她摇头！她凄厉地说："舅舅保重！"她的心已碎了，她晕然地倒在地上，她舅父在外面顿足痛哭，而五分钟的时间，已经到了，狱吏将他带出去。

到了第二天十点钟的时候，道路上人忙马乱，卫队一行行过去，荷枪实弹的兵士，也是一队队地过去，一个个威风凛凛，杀气蒸腾，杀一个人，究竟怎么一种滋味？呵！这只有上帝知道。几辆囚车，载着许多青年英豪志士，向刑场去。最后一辆车上，便是那女英雄秋瑾。凌峰远远地望见，不禁心如刀割，呜咽地哭了。街上看热闹的人，对于这些为国死难的志士，有的莫名其妙地说："这些都是革命党？"有的仿佛很懂得这事情的意味的，只摇着头，微微叹道："可怜！"最后的囚车的女英雄出现了，更使街上的人惊异："女人也做革命党，这真是破天荒的新闻！"

这些英雄，一刹那间都横卧在刑场上，他们的魂魄，都离了这尘浊的世界了。秋瑾的尸骸，由她舅父装殓后，便停在普救寺里。

过了不久，革命已告成功，各省都悬上白布旗帜。那腥膻的满洲人，都从贵族的花园里，四散逃亡，皇帝也退了位。这些死难的志士，都得扬眉吐气，各处人士都来公祭黄花岗七十二烈士。秋瑾尤是其中一个努力的志士，因公议把她葬在西湖，使美妙的湖山，更增一段英姿。

凌峰想到这里，再看看眼底的景物，但见荒草离离，白杨萧萧，举首天涯，兵锋连年，国是日非，这深埋的英魂，又将何处寄栖！哪里是理想的共和国家？她由不得悲绪潮涌，叩着那残碑断碣，慨然高吟道：

枫林古道，荒烟蔓草，

何处赋招魂！

更兼这——

秋风秋雨愁煞人！

......

　　她正心魂凄迷的时候，舟子已来催上道。凌峰懒懒出了枫林，走到湖边，再回头一望，红蓼鲜枫，都仿若英雄的热血。她不禁凄然长叹。上了小船，舟子洒然鼓桨前进，不问人是何心情，他依然唱着小调，只有湖上的斜风细雨，助她叹息呢！

月下的回忆

晚凉的时候，困倦的睡魔都退避了，我们便乘兴登大连的南山，在南山之巅，可以看见大连全市。我们出发的时候已经是暮色苍茫，看不见娇媚的夕阳影子了。登山的时候，眼前模糊，只隐约能辨人影；漱玉穿着高底皮鞋，几次要摔倒，都被淡如扶住，因此每人都存了戒心，不敢大意了。

到了山巅，大连全市的电灯，如中宵的繁星般，密密层层满布太空，淡如说是钻石缀成的大衣，披在淡妆的素娥身上，漱玉说比得不确，不如说我们乘了云梯，到了清虚上界，下望诸星，吐豪光千丈的情景为逼真些。

他们两人的争论，无形中引动我们的幻想，子豪仰天

吟道："举首问明月，不知天上今夕是何年？"她的吟声未
竭，大家的心灵都被打动了，互相问道："今天是阴历几
时？有月亮吗？"有的说十五，有的说十七，有的说十六，
漱玉高声道："不用争了！今日是十六，不信看我的日记本
去！"子豪说："既是十六，月光应当还是圆的，怎么这时
候还没看见出来呢？"淡如说："你看那两个山峰的中间一
片红润，不是月亮将要出来的预兆吗？"我们集中目力，都
望那边看去了，果见那红光越来越红，半边灼灼的天，像
是着了火，我们静悄悄地望了些时，那月儿已露出一角来
了；颜色和丹砂一般红，渐渐大了也渐渐淡了，约有五分
钟的时候，全个团团的月儿，已经高高站在南山之巅，下
窥芸芸众生了，我们都拍着手，表示欢迎的意思；子豪说：
"是我们多情欢迎明月？还是明月多情，见我们深夜登山来
欢迎我们呢？"这个问题提出来后，大家议论的声音，立刻
破了深山的寂静和夜的消沉，那酣眠高枝的鹧鸪也吓得飞
起来了。

　　淡如最喜欢在清澈的月下，妩媚的花前，作苍凉的声
音读诗吟词，这时又在那里高唱南唐李后主的《虞美人》，
诵到"故国不堪回首月明中"声调更加凄楚；这声调随着
空气震荡，更轻轻浸进我的心灵深处；对着现在玄妙笼月
的南山的大连，不禁更回想到三日前所看见污浊充满的大

连，不能不生一种深刻的回忆了！

在一个广场上，有无数的儿童，拿着几个球在那里横穿竖冲的乱跑，不久铃声响了，一个一个和一群蜜蜂般地涌进学校门去了；当他们往里走的时候，我脑膜上已经张好了白幕，专等照这形形式式的电影，顽皮没有礼貌的行动；憔悴带黄色的面庞，受压迫含抑闷的眼光，一色色都从我面前过去了，印入心幕了。

进了课堂，里头坐着五十多个学生，一个三十多岁，有一点胡须的男教员，正在那里讲历史，"支那之部"四个字端端正正写在黑板上；我心里忽然一动，我想大连是谁的地方啊？用的可是日本的教科书——教书的又是日本教员——这本来没有什么，教育和学问是没有国界的，除了政治的臭味——他是不许藩篱这边的人和藩篱那边的人握手，以外人们的心都和电流一般相通的——这个很自然……

"这是哪里来的，不是日本人吗？"靠着我站在这边的两个小学生在那窃窃私语，遂打断我的思路，只留心听他们的谈话。过了些时，那个较小的学生说："这是支那北京来的，你没看见先生在揭示板写的告白吗？"我听了这口气真奇怪，分明是日本人的口气，原来大连人已受了软化了吗？不久，我们出了这课堂，孩子们的谈论听不见了。

那一天晚上，我们住的房子里，灯光格外明亮；在灯光之下有一个瘦长脸的男子，在那里指手画脚演说："诸君！诸君！你们知道用吗啡培成的果子，给人吃了，比那百万雄兵的毒还要大吗？教育是好名词，然而这种含毒质的教育，正和吗啡果相同……你们知道吗？大连的孩子谁也不晓得有中华民国呵！他们已经中了吗啡果的毒了！……

　　"中了毒无论怎样，终久是要发作的，你看那一条街上西岗子一连有一千余家的暗娼，是谁开的，原来是保护治安的警察老爷，和暗探老爷们勾通地棍办的，警察老爷和暗探老爷，都是吃了吗啡果子的大连公学校的卒业生呵！"

　　他说到那里，两个拳头不住在桌上乱击，口里不住地诅咒，眼泪不竭地涌出，一颗赤心几乎从嘴里跳了出来！歇了一歇他又说："我有一个朋友，在一天下午，从西岗子路过；就见那灰色的墙根底下每一家的门口，都有一个邪形鸠面的男子蹲在那里，看见他走过去的时候，由第一个人起，连续着打起呼啸来；这种奇异的暗号，真是使人惊吓，好像一群恶魔要捕人的神气；更奇怪的，打过这呼啸以后立刻各家的门又都开了；有妖态荡气的妇人，向外探头，我那个朋友，看见她们那种样子，已明白她们要强留客人的意思，只得低下头，急急走过，经过她们门前，有的捉他的衣袖，有的和他调笑，幸亏他穿的是西装，她们不知道他到底是什么来历，不敢过于造次，他才得脱了虎口，当他才走出胡同口的时候，从胡同的那一头，来了一个穿着黄灰色短衣裤的工人；他们依样的作那呼啸的暗号，他回头一看，那人已被东首第二家的一个高颧骨的妇人拖进去了！"

唉！这不是吗啡果的种子，开的沉沦的花吗？

我正在回忆从前的种种，忽然漱玉在我肩上击了一下说："好好的月亮不看，却在这漆黑树影底下发什么怔。"

漱玉的话打断我的回忆，现在我不再想什么了，东西张望，只怕辜负了眼前的美景！

远远的海水，放出寒栗的光芒来；我寄我的深愁于流水，我将我的苦闷付清光；只是那多事的月亮，无论如何把我尘浊的影子，清清楚楚反射在那块白石头上；我对着她，好像怜她，又好像恼她；怜她无故受尽了苦痛的磨折！恨她为什么自己要着迹，若没这有形的她，也没有这影子的她了，无形无迹，又何至被有形有迹的世界折磨呢？……连累得我的灵魂受苦恼……

夜深了！月儿的影子偏了，我们又从来处去了。

夏的歌颂

出汗不见得是很坏的生活吧，全身感到一种特别的轻松。尤其是出了汗去洗澡，更有无穷的舒畅，仅仅为了这一点，我也要歌颂夏天。

其久被压迫，而要挣扎过——而且要很坦然的过去，这也不是毫无意义的生活吧——春天是使人柔困，四肢瘫软，好像受了酒精的毒，再无法振作；秋天呢，又太高爽，轻松使人忘记了世界上有骆驼——说到骆驼，谁也忘不了它那高峰凹谷之间的重载，和那慢腾腾，不尤不怨的往前走的姿势吧！冬天虽然是风雪严厉，但头脑尚不受压轧。只有夏天，它是无隙不入的压迫你，你每一个毛孔，每一根神经，都受着重大的压轧，同时还有臭虫蚊子苍蝇助虐的四面夹攻，这种极度紧张的夏日生活，正是训练人类变成更坚强而有力量的生物。因此我又不得不歌颂夏天！

二十世纪的人类，正度着夏天的生活——纵然有少数阶级，他们是超越天然，而过着四季如春享乐的生活，但这太暂时了，时代的轮子，不久就要把这特殊的阶级碎为齑粉——夏天的生活是极度紧张而严重，人类必要努力的挣扎过，尤其是我们中国不论士农工商军，哪一个不是喘着气，出着汗，与紧张压迫的生活拼命呢？脆弱的人群中，也许有诅咒，但我却以为只有虔敬的承受，我们尽量地出汗，我们尽量地发泄我们生命之力，最后我们的汗液，便是甘霖的源泉，这炎威逼人的夏天，将被这无尽的甘霖所毁灭，世界变成清明爽朗。

夏天是人类生活中，最雄伟壮烈的一个阶段，因此，我永远的歌颂它。

异国秋思

　　自从我们搬到郊外以来，天气渐渐清凉了。那短篱边牵延着的毛豆叶子，已露出枯黄的颜色来，白色的小野菊，一丛丛由草堆里攒出头来，还有小朵的黄花在凉劲的秋风中抖颤，这一些景象，最容易勾起人们的秋思，况且身在异国呢！低声吟着"帘卷西风，人比黄花瘦"之句，这个小小的灵宫，是弥漫了怅惘的情绪。

　　书房里格外显得清寂，那窗外蔚蓝如碧海似的青天，和淡金色的阳光，还有夹着桂花香的阵风，都含了极强烈的，挑拨人类心弦的力量。在这种刺激之下，我们不能继续那死板的读书工作了。在那一天午饭后，波便提议到附近吉祥寺去看秋景，三点多钟我们乘了市外电车前去——

这路程太近了，我们的身体刚刚坐稳便到了。走出长甬道的车站，绕过火车轨道，就看见一座高耸的木牌坊，在横额上有几个汉字写着"井之头恩赐公园"。我们走进牌坊，便见马路两旁树木葱茏，绿荫匝地，一种幽妙的意趣，萦绕脑际，我们怔怔的站在树影下，好像身入深山古林了。在那枝柯掩映中，一道金黄色的柔光正荡漾着，使我想象到一个披着金绿柔发的仙女，正赤着足，踏着白云，从这里经过的情景。再向西方看，一抹彩霞，正横在那叠翠的峰峦上，如黑点的飞鸦，穿林翩翻，我一缕的愁心真不知如何安排，我要吩咐征鸿它带回故国吧！无奈它是那样不着迹的去了。

我们徘徊在这浓绿深翠的帷幔下，竟忘记前进了。一个身穿和服的中年男人，脚上穿着木屐，踢嗒踢嗒的来了。他向我们打量着，我们为避免他的觑视，只好加快脚步走向前去。经过这一带森林，前面有一条鹅卵石堆成的斜坡路，两旁种着整齐的冬青树，只有肩膀高，一阵阵的青草香，从微风里荡过来。我们慢步地走着，陡觉神气清爽，一尘不染。下了斜坡，面前立着一所小巧的东洋式的茶馆，里面设了几张小矮几和坐褥，两旁列着柜台，红的蜜橘，青的苹果，五色的杂糖，错杂的罗列着。

"呀！好眼熟的地方！"我不禁失声地喊了出来。于是潜藏在心底的印象，陡然一幕幕的重映出来，唉！我的心有些抖颤了，我是被一种感怀已往的情绪所激动，我的双眼怔住，胸膈间充塞着悲凉，心弦凄紧地搏动着。自然是回忆到那些曾被流年蹂躏过的往事："唉！往事，只是不堪回首的往事呢！"我悄悄地独自叹息着。但是我目前仍然有一幅逼真的图画再现出来……

一群骄傲于幸福的少女们，她们孕育着玫瑰色的希望，当她们将由学校毕业的那一年，曾随了她们德高望重的教师，带着欢乐的心情，渡过日本海来蓬莱的名胜。在她们登岸的时候，正是暮春三月樱花乱飞的天气，那些缀锦点翠的花树，都是使她们乐游忘倦。她们从天色才黎明，便由东京的旅舍出发；先到上野公园看过樱花的残妆后，又换车到井之头公园来。这时疲倦袭击着她们，非立刻找个地点休息不可。最后她们发现了这个位置清幽的茶馆，便立刻决定进去吃些东西。大家团团围着矮凳坐下，点了两壶龙井茶，和一些奇甜的东洋点心，她们吃着喝着，高声谈笑着，她们真像是才出谷的雏莺；只觉眼前的东西，件件新鲜，处处都富有生趣。当然她们是被搂在幸福之神的怀抱里了。青春的爱娇，活泼快乐的心情，她们是多少可艳羡的人生呢？

但是流年把一切都毁坏了！谁能相信今天在这里低回

追怀往事的我，也正是当年幸福者之一呢！哦！流年，残刻的流年呵！它带走了人间的爱娇，它蹂躏了英雄的壮志，使我站在这似曾相识的树下，只有咽泪，我有什么方法，使年光倒流呢？

唉！这仅仅是九年后的今天。呀，这短短的九年中，我走的是崎岖的世路，我攀缘过陡峭的崖壁，我由死的绝谷里逃命，使我尝着忍受由心头淌血的痛苦，命运要我喝干自己的血汗，如同喝玫瑰酒一般……

唉！这一切的刺心回忆，我忍不住流下辛酸的泪滴，连忙离开这容易激动感情的地方吧！我们便向前面野草漫径的小路上走去。忽然听见一阵悲恻的唏嘘声，我仿佛看见张着灰色翅翼的秋神，正躲在那厚密的枝叶背后。立时那些枝叶都窸窸窣窣的颤抖起来。草底下的秋虫，发出连续的唧唧声，我的心感到一阵阵的凄冷，不敢向前去，找到路旁一张长木凳子坐下。我用滞呆的眼光，向那一片阴阴森森的丛林里睁视，当微风分开枝柯时，我望见那小河里的潺湲碧水了。水上皱起一层波纹，一只小划子，从波纹上溜过。两个少女摇着桨，低声唱着歌儿。我看到这里，又无端感触起来，觉到喉头梗塞，不知不觉叹道："故国不堪回首呵！"同时那北海的红漪清波浮现眼前，那些手携情侣的男男女女，恐怕也正摇着划桨，指点着眼前清丽秋景，低语款款吧！况且又是菊茂蟹肥时候，料想长安市上，车水马龙，正不少欢乐的宴聚，这漂泊异国，秋思凄凉的我们当然是无人想起的。不过，我们却深深的眷怀着祖国，渴望得些好消息呢！况且我们又是神经过敏的，揣想到树叶凋落的北平，凄风吹着，冷雨洒着的那些穷苦的同胞，也许正向茫茫的苍天悲诉呢！唉，破碎紊乱的祖国呵！北海的风光不能粉饰你的寒碜！来今雨轩的灯红酒绿，不能安慰忧患的人生，深深眷念着祖国的我们，这一颗因热望而颤抖的心，最后是被秋风吹冷了。

著作家应有的修养

所谓著作家，当然不仅是文学的著作家而已，其他如社会科学，哲学等著作者亦统称之为著作家。但本文所说的著作家，是专指文学的著作家，而且还是指文学创作的著作家，当然我不是学者，我仅仅是个努力创作的人而已，我所要说的话，也不过是我的本行了。

但是文学创作者，与学者，究竟有什么不同之点呢？简略说起来，文学创作者是重感情，富主观，凭借于刹那间的直觉，而描写事物，创造境地；不模仿，不造作，情之所至，意之所极，然后，发为文章，其效用则在安慰人生，刺激人生，鞭策人生。

至于学者呢，正处于相反的地位，是重理智，要客观，凭借于系统的研究考证诸家之言，博览群书，然后整理之，增补之另成一家之言，其效果使人不费若干心力，而能知古往今来一切事实，增加人类知识。

二者的异同如此而已，但亦有例外，即文学创作家亦有略带学者气味，而学者亦有略带文学创作家之精神者。如莎士比亚的历史戏剧，不得不以历史为背景，故必须研究历史事实；又如易卜生的问题剧，乃以社会问题为背景，即不能不研究当时挪威的社会情形，尤其带学者气味而创作者，即儿童文学家，第一须知儿童的心理，及当时教育的情形，同时亦须有诗的灵魂，美的辞藻，而后才告厥成。

又如英国罗素的数理哲学，即给我们人类正确数上的观念；胡适之《中国哲学史大纲》，是用历史的方法，推绎整理中国古哲学之学说，予吾人一个清楚的观念。

但是一个大学者能成一家之言者，亦略有创作之成分，如梁漱溟之《东西文化及其哲学》，其中有一章说到未来的世界与文明，这是根据以前的实事而推测想象未来的世界。唯此与艺术家的创作略有所不同。又如王国维的《〈红楼梦〉评论》，即以其个人的人生观来解释《红楼梦》的内容，及其真正的价值。

文学创作家，和学者的界限，既已说明，其次就要说到创作家在文化上所占的地位了。

人类的文化的内在的活动，是在思想方面，其他如政治军事等都不过是这思想的表现，所以欲改革时代，第一须改革思想。创作家譬如是在人类心灵上建筑一些东西，这些东西的活动比什么都猛烈，如卢梭写的《民约论》《爱米尔》①《新爱路意司》②，于是促成法国的大革命；又如歌德的《少年维特之烦恼》，其影响于当时青年的思想极大；又如英国的Stowe③夫人，著《黑奴吁天录》，是在林肯时代出版的，因此引起林肯及各国人士的同情，而有南北战争，黑奴竟得以释放；又如俄国的屠格涅夫的散文诗中，对无产阶级表示同情；杜斯朵也夫斯基④，他的小说中，有描写资本家压迫平民的，因此而激起共产革命。

　　照上面的话看来，我们知道人类的历史上，种种的进展，变化，走到山穷水尽时，都由几个有力的作家，引导群众，另辟一条新路，因之由几个创作家的作品中，也可以看出时代的转变来——这当然为了创作家的感觉特别灵

---

① 今多译为《爱弥儿》。

② 今多译为《新爱洛漪丝》。

③ 即哈丽叶特·斯托（1811—1896），美国作家，其代表作《汤姆叔叔的小屋》（也译为《黑奴呼天录》）对"废奴运动"起到了重要的推动作用。

④ 今多译为陀思妥耶夫斯基。

敏，同情特别深，所以有此功效。

英国诗人雪莱的《西风歌》①中，有一句话道："愿你，当我是一只喇叭，将新思想吹向人类。"这很可以证明创作家在文化上所占的地位，如何重要了。

文学的特质，既已说清楚了，现在该说到著作家应有的修养了。我以为创作家的修养，可分两方面来说：

一、内质方面的修养。

二、外形方面的修养。

内质方面的修养，可分为思想，想象，感情三种。

思想方面，创作家的思想，不但直接影响其作品的本身，同时也能影响到社会上的群众，所以一个创作家应当怎样磨砻其思想，应如何尽量吸收社会种种的现象，作为对社会批评的准则，及引导人类而开辟一条新路径，都是很重要的问题。例如有许多作家，他们很能忠实地观察人生，也能很技巧地表现人生，但能给我们以一条新路的，究竟还是太少，所以创作家尤应在这一点上努力修养。

想象方面，根据既往的经验，而成功一个新的意象，这就是所谓想象——而想象力是组织一篇文章必要的元素。如果有了很好的思想，也有了象征这思想的人物，而作者

---

① 今多译为《西风颂》。

缺少想象这些人物的个性的能力，那么这作品必有不真切的描写，和矫揉造作的弊病了，同时也必失掉文学感人之力，想象力之重要可想而知，所以创作家必努力修养其丰富的想象力——这当然一部分还是要靠天才，不过果能忠实的生活，细密的生活，也未尝无助于想象力。

感情方面，这一点要比以上的两点，与文学发生更密切的关系，也可以说这就是文学的特征，譬如思想，想象，就是哲学家，科学家，也缺少不得的，只有感情，是文学所特别需要的，而是哲学科学所摒弃的。

感情对于文学既有如是密切的关系，然则创作家对于感情应如何修养呢？

在过去的文学上，我们可以找出作家永不朽的感情，那不是小我自私自利的情，而是大我的同情，如郑板桥，苏东坡，杜甫这一类的人，哪一个不是富于同情心的呢？杜甫的《茅屋为秋风所破歌》："安得广厦千万间，大庇天下寒士俱欢颜……吾庐独破受冻死亦足"，及郑板桥，于淮安舟中寄弟墨书说："以人为可爱，而我亦可爱矣；以人为可恶，而我亦可恶矣；东坡一生觉得世上没有不好的人，最是他的好处。"

这些无猜忌，无偏私的博爱的同情心，正是文学家所需要的。如果文学家缺少了同情心，他的作品也就缺少了灵魂，永也不能引起人间的共鸣，慰藉人生；鼓励人生的功效也要抹煞了。

所以我们在这里可以得一个结论：就是文学创作家，内质方面的修养，一应对于人类的生活，有透彻的观察，能找出人间的症结，把浮光下的丑恶，不客气的，忠实的披露出来，使人们感觉有找寻新路的必要；二应把他所想象的未来世界，指示给那些正在歧路上彷徨的人们，引导他们向前去，同时更应以你的热情，去温慰人间的悲苦者，鼓励世上的怯懦者。

这本不是很容易成功的事，一个作家，能做到这一步，恐怕要尽他毕生的岁月在修养，在努力，最后才能有与日月争光的作品，贡献于人间，著作家勉力吧！

其次当然要讨论到外形的方面来了。外形虽然仅仅是技巧问题，但也不是可以忽略的问题，一个作家内在的精神，能够表现到几分，那就要看他的技巧有几分了。你如有十分的技巧，当然可以表现你十分的内在精神，否则你纵有好思想，好材料，而没有剪裁的能力，结构的方法，调协音律的功夫，便不能引人入胜。好像一个乡下的土财主，他纵有几千几万的财产，但他不会运用，只是挖个土窖，把财产埋在里面。谁又知道他是个大财主呢！创作家只有内在的精神，而无表现的能力，也正如土财主不会运用他的财产一样的可惜。

技巧既然如是重要，那么我们的创作家，又应怎样修养呢？我以为除去多写多看之外，还应当多改，修改，对于文字技巧的进步，是极有效的。所以我们的作家托尔斯泰，他每次作稿，总要多次的修改，把一章原稿，改得几乎都看不清了。然后经他的夫人替他誊清，放在他的书桌上，预备他第二天寄出去。哪晓得他第二天从楼上走下来，把那誊清的稿子，看了一遍，又不知不觉的要改削起来，直改到连自己都觉得对不起替他誊清的夫人了，于是他对夫人说："吾爱！我一定不再改了。"但这又有什么用呢，不久他仍然还是要改的。有时甚至这稿子已经寄出去了，他忽觉得某两字不妥当，便立刻打电报去更正。由此可见他对于文学的技巧，是如何的苦修，又是如何的忠实了。

有了好的技巧，又有好的思想，丰富的想象，热烈的感情，便可以作一个成功的创作家了。有志于文学的人，你们读了这篇文章，当知所努力了吧！

醉　后

　　——最是恼人拼酒，欲浇愁偏惹愁！回看血泪相和流。

　　我是世界上最怯弱的一个，我虽然硬着头皮说："我的泪泉干了，再不愿向人间流一滴半滴眼泪，因此我曾博得'英雄'的称许，在那强振作的当儿，何尝不是气概轩昂……"

　　北京城到了，黄褐色的飞尘下，掩映着琥珀墙、琉璃瓦的房屋，疲骡瘦马，拉着笨重的煤车，一步一颠地在那坑陷不平的土道上努力地走着，似曾相识的人们，坐着人力车，风驰电掣般跑过去了……一切不曾改观，可是疲惫的归燕呵，在那堆浪涌波的灵海里，都觉到十三分的凄惶呢！

车子走过顺城根，看见三四匹矮驴，摇动着它们项下琅琅的金铃，傲然向我冷笑，似笑我转战多年的败军，还鼓得起从前的兴致吗……

正是一个旖旎美妙的春天，学校里放了三天春假，我和涵、盐、琪四个人，披着残月孤星，和迷蒙的晨雾奔顺城根来，雇好矮驴，跨上驴背，轻扬竹鞭，嗒嗒声紧，西山的路上骤见热闹，这时道旁笼烟含雾的垂柳枝，从我们的头上拂过，娇鸟轻啭歌喉，朝阳美意酣畅，驴儿们驮着这欣悦的青春主人，奔那如花如梦的前程：是何等地兴高采烈……而今怎堪回首！归来的疲燕，裹着满身漂泊的悲哀，无情的瘦驴！请你不要逼视吧！

强抑灵波，防它捣碎了灵海，及至到了旧游的故地，黯淡白墙，陈迹依稀可寻，但沧桑几经的归客，不免被这荆棘般的冻迹，刺破那不曾复元的旧伤，强将泪液咽下，努力地咽下。我曾被人称许我是"英雄"哟！

我静静在那里忏悔，我的怯弱，为什么总打不破小我的关头，我记得：我曾想象我是"英雄"的气概，手里拿着明晃晃的雌雄剑，独自站在喜马拉雅的高峰上，傲然地下视人寰。仿佛说：我是为一切的不平，而牺牲我自己的；我是为一切的罪恶，而挥舞我的双剑的呵！"英雄"，伟大的英雄，这是多么可崇拜的，又是多么可欣慰的呢！

但是怯弱的人们，是经不起撩拨的，我的英雄梦正浓醋的时候，波姊来叩我的门，同时我久闭的心门也为她开了。为什么四年不见，她便如此地憔悴和消瘦，她黯然地说："你还是你呵！"她这一句话，好像是利刃，又好像是百宝匙，她掀开我的秘密的心幕，她打开我勉强锁住的泪泉，与一切的烦恼。但是我为了要证实是英雄，到底不曾哭出来。

我们彼此矜持着，默然坐夜来了。于是我说："波，我们喝他一醉吧，何若如此扎挣，酒可以蒙盖我们的脸面！"波点头道："好早预备陪你一醉。"于是我们如同疯了一般，一杯，一杯，接连着向唇边送，好像鲸吞鲵饮，也不知道什么时候，把一小坛子的酒吃光了，可是我还举着杯"酒来！酒来！"叫个不休！波握住我拿杯子的手说："隐！你醉了，不要喝了吧！"我被她一提醒，才知道我自己的身子，已经像驾云般支持不住，伏在她的膝上。唉！我一身的筋肉松弛了，我矜持的心解放了，我想起风寒雪虐的春申江头，涵撒手归真的印影，我更想起萱儿还不曾断奶，便离开她的乳母，扶她父亲的灵柩归去。当她抱着牛奶瓶，宛转哀啼时，我仿佛是受绞刑的荼毒，更加着吴淞江的寒潮凄风，每在我独伴灵帏时，撕碎我抖颤的心，……一向茹苦含辛地扎挣自己，然而醉后，便没有扎挣的力量了，我将我泪泉的水闸开放了，干枯的泪池，立刻波涛汹涌，我尽量地哭，哭那已经摧毁的如梦前程，哭那满尝辛苦的命运，唉！真痛恨呵，我一年以来，不曾这样哭过。但是苦了我的波姊，她也是苦海里浮沉的战将，我们可算是一对"天涯沦落人"。她呜咽着说："隐！你不要哭了，你现在是做客，看人家忌讳！你扎挣着吧！你若果要哭，我们到空郊野外哭去，我陪你到陶然亭哭去。那里是我埋愁葬恨的地方，你也可以借他人酒杯，浇自己块垒，在那里我们可尽量地哭，把天地哭毁灭也好，只求今天你咽下这眼泪去罢！"惭愧！我不知英雄气概抛向哪里。恐怕要从喜马拉雅峰，直坠入冰涯愁海里去，我仍然不住地哭，那可怜双鬓如雪的姨母，也不住为她不幸的甥女，老泪频挥，她颤抖着叹息着，于是全屋里的人，都悄默地垂着泪！可怜的萱儿，她对这半疯半醉的母亲，小心儿怯怯地惊颤着，小眼儿怔怔地呆望着。呵！无辜的稚子，母亲对不住你，在别人面前，纵然不英雄些，还没有多大羞愧，只有在萱儿面前不英雄，使她天真未凿的心灵了解伤心，甚至于陪着流泪，我未免太忍心，而且太罪过了。后来萱儿投在我的怀里，轻轻地将小嘴，吻着泪痕被颊的母亲，她忽然哭了。唉！我诅咒我自己，我愤恨酒，她使我怯弱，使我任性，更使我羞对我的萱儿！我决定止住我的泪液，我领着萱儿走到屋里，只见满屋子月华如水，清光幽韵，又逗起我无限的凄楚，在月姊的清光下，我们的陈迹太多了！我们曾向她诚默地祈祷过，也曾向她悄悄地赌誓过。但如今，月姊照着这漂泊的只影，他呢——人间天上，我如饿虎般地愤怒，紧紧掩上窗纱，我搂着萱儿悄悄地躲在床上，我真不敢想象月姊怎样奚落我。不久萱儿睡着了，我仿佛也进了梦乡，只觉得身上满披着缟素，独自站在波涛起伏的海边，四顾辽阔，没有岸际，没有船只，天上又是蒙着一层浓雾，一切阴森森的。我正在彷徨惊惧的时候，忽见海里涌起一座山来，峭壁玲珑，峰崖峻崎，一个女子披着淡蓝色的轻绡，向我微笑点头唱道：

> 独立苍茫愁何多？
> 抚景伤漂泊！
> 繁华如梦，
> 姹紫嫣红转眼过！
> 何事伤漂泊！

我听那女子唱完了，正要向她问明来历，忽听霹雳一声，如海倒山倾，吓了我一身冷汗，睁眼一看，波姊正拿着醒酒汤，叫我喝，我恰一转身，不提防把那碗汤碰泼了一地，碗也打得粉碎，我们都不禁笑了。波姊说："下回不要喝酒吧，简直闹得满城风雨！……我早想到见了你，必有一番把戏，但想不到闹得这样凶！还是扎挣着装英雄吧！"

"波姊！放心吧！我不见你，也没有泪，今天我把整个儿的我，在你面前赤裸裸地贡献了，以后自然要装英雄！"波姊拍着我的肩说："天快亮了，月亮都斜了，还不好好睡一觉，病了又是白受罪！睡吧！明天起大家努力着装英雄吧！"

夜的奇迹

宇宙僵卧在夜的暗影之下，我悄悄地逃到这黑黑的林丛——群星无言，孤月沉默，只有山隙中的流泉潺潺溅溅的悲鸣，仿佛孤独的夜莺在哀泣。

山巅古寺危立在白云间，刺心的钟磬，断续的穿过寒林，我如受弹伤的猛虎，奋力的跃起，由山麓蹿到山巅。我追寻完整的生命，我追寻自由的灵魂，但是夜的暗影，如厚幔般围裹住，一切都显示着不可挽救的悲哀。吁！我何爱惜这被苦难剥蚀将尽的尸骸？我发狂似的奔回林丛，脱去身上血迹斑斑的征衣，我向群星忏悔，我向悲涛哭诉！

这时流云停止了前进，群星忘记了闪烁，山泉也住了呜咽，一切一切都沉入死寂！

我绕过丛林，不期来到碧海之滨，呵！神秘的宇宙，在这里我发现了夜的奇迹。

黑黑的夜幔轻轻的拉开，群星吐着清幽的亮光，孤月也踯躅于云间，白色的海浪吻着翡翠的岛屿，五彩缤纷的花丛中隐约见美丽的仙女在歌舞，她们显示着生命的活跃与神妙！

我惊奇，我迷惘，夜的暗影下，何来如此的奇迹！

我怔立海滨，注视那岛屿上的美景，忽然从海里涌起一股凶浪，将岛屿全个淹没，一切一切又都沉入死寂！

我依然回到黝黑的林丛——群星无言，孤月沉默，只有山隙中的流泉潺潺溅溅的悲鸣，仿佛孤独的夜莺在哀泣。

吁！宇宙布满了罗网，任我百般扎挣，努力的追寻，而完整的生命只如昙花一现，最后依然消逝于恶浪，埋葬于尘海之心。自由的灵魂，永远是夜的奇迹！——在色相的人间，只有污秽与残酷，吁！我何爱惜这被苦难剥蚀将尽的尸骸——总有一天，我将焚毁于我自己郁怒的灵焰，抛这不值一钱的脓血之躯，因此而释放我可怜的灵魂！

这时我将摘下北斗，抛向阴霾满布的尘海。

我将永远歌颂这夜的奇迹！

名家散文

鲁迅：直面惨淡的人生

胡适：天下没有白费的努力

许地山：爱我于离别之后

叶圣陶：藕与莼菜

茅盾：斗争的生活使你干练

郁达夫：夜行者的哀歌

徐志摩：我有的只是爱

庐隐：我追寻完整的生命

丰子恺：我情愿做老儿童

朱自清：热闹是它们的，我什么也没有

老舍：有朋友的地方就是好地方

冰心：繁星闪烁着

废名：想象的雨不湿人

沈从文：每一只船总要有个码头

梁实秋：烟火百味过生活

林徽因：你是人间的四月天

巴金：灯光是不会灭的

戴望舒：我的心神是在更远的地方

梁遇春：吻着人生的火

张中行：临渊而不羡鱼

萧红：我的血液里没有屈服

季羡林：微苦中实有甜美在

何其芳：紧握着每一个新鲜的早晨

孙犁：人生最好萍水相逢

琦君：粽子里的乡愁

苏青：我茫然剩留在寂寞大地上

林海音：唯有寂寞才自由

汪曾祺：如云如水，水流云在

陆文夫：吃也是一种艺术

宗璞：云在青天

余光中：前尘隔海，古屋不再

王蒙：生活万岁，青春万岁·

张晓风：年年岁岁岁岁年年

冯骥才：生活就是创造每一天

肖复兴：聪明是一张漂亮的糖纸

梁晓声：过小百姓的生活

赵丽宏：闪烁在旷野里的微光

王旭烽：等花落下来

叶兆言：万事翻覆如浮云

鲍尔吉·原野：为世上的美准备足够的眼泪